U0689281

老虎残梦

［日］桃野杂派 著

佳辰 译

浙江文艺出版社
Zhejiang Literature & Art Publishing House

本书简体中文版权为浙江文艺出版社独家所有。

版权合同登记号:图字:11-2022-352 号

图书在版编目(CIP)数据

老虎残梦/(日)桃野杂派著;佳辰译. —杭州:浙江文艺出版社,2023.9

ISBN 978-7-5339-7237-0

Ⅰ.①老… Ⅱ.①桃… ②佳… Ⅲ.①推理小说-日本-现代 Ⅳ.①I313.45

中国国家版本馆 CIP 数据核字(2023)第 082665 号

品牌策划	柳明晔		书名题字	傅清时
图书策划	邵 劼		装帧设计	王柿原
责任编辑	邵 劼		责任印制	吴春娟
营销编辑	余欣雅		数字编辑	姜梦冉 诸婧琦

老虎残梦

[日]桃野杂派 著 佳 辰 译

出版发行 浙江文艺出版社

地　　址 杭州市体育场路 347 号

邮　　编 310006

电　　话 0571-85176953(总编办)
　　　　　0571-85152727(市场部)

制　　版 浙江新华图文制作有限公司

印　　刷 杭州富春印务有限公司

开　　本 850 毫米×1168 毫米 1/32

字　　数 170 千字

印　　张 10.125

插　　页 6

版　　次 2023 年 9 月第 1 版

印　　次 2023 年 9 月第 1 次印刷

书　　号 ISBN 978-7-5339-7237-0

定　　价 78.00 元

"蜘蛛文库"总序

褚盟

"他像一只蜘蛛蛰伏于蛛网的中心，安然不动，可是蛛网却有千丝万缕。他对其中每一丝的震颤都了如指掌！"

这是史上最伟大的侦探福尔摩斯对好友华生说出的经典台词，而被比喻为"蜘蛛"的，就是福尔摩斯生平最大的对手——有着"犯罪界的拿破仑"之称的莫里亚蒂教授。就这样，"蜘蛛"这种独特的生物，在推理文学中成了一个独特的象征——

它象征着最难缠的反派，象征着最复杂的谜题，象征着大侦探无法回避的终极困难。它精心布设的蛛丝，可以把试图找到真相的人死死缠住；但与此同时，希望也隐藏在其中。无论是抽丝剥茧，还是快刀斩乱麻，只要找到那个正确的方式，这些恼人的蛛丝就会变成通往真相的条条线索。

正因为这样，这个文库以"蜘蛛"来命名；这个名字想告诉所有人，这是一个关于推理小说的文库。

1841年，一个叫埃德加·爱伦·坡的美国人发表了一篇名为《莫格街凶杀案》的小说。这篇小说第一次同时满足了三个条件：侦探成了故事的主角；谜题成了故事的主体；解谜成了故事的主导。

因此，我们把这篇小说认定为历史上第一篇推理小说，尽管作者从来不承认自己写过推理小说。

从1841年到2022年，推理文学已经走过了181个春秋。

爱伦·坡创作的这种故事，成了后世推理文学中的绝对主流。在西方，这种以侦探解谜为最大卖点的小说被称为"古典推理"；而今天，我们通常用一个日语词"本格推理"称呼它——本格者，正统也。

爱伦·坡是推理文学的创造者，而将其发扬光大的则是一个英国人。这个人叫阿瑟·柯南·道尔，他创造出了世上最伟大的侦探——夏洛克·福尔摩斯。福尔摩斯在1887年登场，一共有60篇故事传世。他的伟大无须多言，毫不夸张地说，即便再过181年，也依旧没有人能取而代之。

福尔摩斯的成功开创了推理文学史上一个最辉煌的时代。从19世纪末一直到第二次世界大战结束，这个时期被称为推理小说的"黄金时代"。在短短几十年里，有上百个可以被称为"天才"的作家创作了上千部经典作品——而他们写的，都是本格推理。这些作家的作品无人不知，比如阿加莎·克里斯蒂的《无人生还》《东方快车谋杀案》，埃勒里·奎因的《希腊棺材之谜》，约翰·迪克森·卡尔的《三口棺材》……

黄金时代的光芒不仅跨越了大西洋，甚至跨越了太平洋，照射到了东方的中国和日本。在这个时期，被誉为"中国推理之父"的程小青创作了"霍桑探案系列"；被誉为"日本推理之父"的江户川乱步更可以用横空出世来形容，他在1923年创作出了第一篇真正具有日本特色的推理小说。受他的影响，另一位大师横沟正史在20世纪四五十年代通过一系列经典作品，开启了日本自己的本格时代。

不过，不管是欧美还是日本的推理文学，都难免走向衰落。本格推理的核心是诡计，而诡计则是会枯竭且套路化的。诡计一且不能吸引读者，本格推理也就发展不下去了。穷则思变，推理作家开始思考这种类型文学的出路。既然小说的游戏性已被挖掘殆尽，那么路也就只剩下一条——提高现实性和文学性，把智力博弈变成心灵风暴。

就这样，以美国作家达希尔·哈米特和雷蒙德·钱德勒为代表，一群作家在推理领域掀起了大风暴，开始创作完全不同的推理小说。这些作品不再以解谜为卖点，而是把焦点集中在了人与大环境的碰撞上。侦探不再像福尔摩斯那样从容不迫，而是一次次被社会毒打，一次次头破血流。我们把这次变革称作"黑色革命"，而这场革命的成果则是"冷硬推理"走上舞台。

无独有偶，同样的革命也发生在日本。只不过，日本的新式推理不像欧美那样"暴虐"，而是更注重揭露社会的阴暗面和人性的丑恶。这种推理小说和冷硬推理异曲同工，被称作"社会推理"。社会推理的开创者是日本一代文豪松本清张，他因为创作了《点与线》《砂器》等新派推理，而与柯南·道尔、阿加莎·克里斯蒂一起被称为"世界推理三大家"。

任何事物都处于变化之中，没有什么能一成不变却永远屹立不倒。西方的"冷硬推理"也好，日本的"社会推理"也罢，这种现实主义推理看多了，读者又难免开始厌倦。到了20世纪末，越来越多的人希望推理小说回归本质，回到"智力博弈"上。有需求就会有生产，于是，在社会推理盛行30年后，一大批日本作家开始推动一场名为"本格维新"的运动。

这些作家的代表是岛田庄司和他的学生绫辻行人。他们认为本格推理是没有错的，只是故事中的诡计是属于19世纪、20世纪的，而读者想看的是21世纪的新的华丽诡计。只要解决这个问题，本格推理就可以重获生机。于是，这些作家用一部部匪夷所思的作品，开启了一个新时代，我们称其为"新本格时代"。

从游戏性到现实性，再从现实性回到游戏性——经过这样一个历程，无论是在西方还是在东方，推理小说的外延已经被彻底打破了，无数"子项目"应运而生——间谍小说、悬疑小说、惊悚小说，甚至是轻小说，都可以看作是推理小说的衍生品。如今，已经没有读者在意小说应该注重游戏性还是现实性，只要人物够鲜活，只要节奏够紧凑，只要反转够震撼，只要元素够新颖，就是一部出色的推理小说。

在这种理念的推动下，东西方都出现了一大批无法分类却备受推崇的超级畅销书作家。西方的代表是写出了《达·芬奇密码》《天使与魔鬼》的丹·布朗；而东方的代表无疑是有"出版界印钞机"之称的东野圭吾——他的代表作《嫌疑人X的献身》《白夜行》可以说是无人不知。

就是这样，在180多年的岁月里，推理文学兜兜转转，起起伏伏，不断变化，不断壮大。看上去，今天的推理小说已经和福尔摩斯故事大相径庭；但细细品味，就会发现如今的推理小说初心未改，却早已身兼百家之长。也正因为如此，推理文学不仅没有被时代抛弃，反而吸引了越来越多的读者。

想要走进推理的世界，就要去触动那一根根精巧敏感的蛛丝；既然如此，就应该有个专门帮助我们收集蛛丝的文库。而这也就是蜘蛛文库存在的意义。目前蜘蛛文库有原创系列和引进系列两个分支，其中原创系列收录了《红楼梦事件》《第七位囚禁者》《乱神馆记·蝶梦》等诸多华语优秀推理作品，未来也将持续关注华语推理的新锐之作。而引进系列则有《脑髓地狱》《杀戮的双曲线》这样的经典作品，也收录《老虎残梦》《法庭游戏》这样的新作。未来，蜘蛛文库将同时关注经典与新锐，为华语读者持续展现来自推理世界的魅力。

目录

第一回　行路难

金樽清酒斗十千

玉盘珍羞直万钱

停杯投箸不能食

拔剑四顾心茫然

欲渡黄河冰塞川

将登太行雪暗天

闲来垂钓坐溪上

忽复乘舟梦日边

行路难　行路难

多歧路　今安在

长风破浪会有时

直挂云帆济沧海

一

疑是万籁覆白雪，漠漠原野寂无声。

湖面四周白雾蒙蒙，自楼阁窗子里望出去的景致，恰如水墨画一般，颜色尽消。

无风之中悄然不动的模样，似是一幅自轮回中脱离出来的木刻画。

或许是在暖煦的屋子里远眺的缘故，这番景象倒像是假的一般。

"……徒儿可有不满？"

宿昔不变的声音，叩打着苍紫苑的后背。声音极为威严，冷硬如岩，却异常令人心安。

可如今心中却起了波澜。

"师父既已这么定下了……"

"也就是说，你确实是不满吧？"

见师父一再质疑，紫苑抿着嘴扭过了头。

房间甚是宽敞，塞满了各种物件。

首先映入眼帘的是并置的一对约莫齐胸高的柜子，柜身布满抽屉，一边的柜顶上搁着用来研磨草药茶叶的捣药罐，应是青瓷质地，与田黄色的柜橱甚是合衬，另一边的柜顶上则堆满了书卷。面前是一方书几，几面上排放的乃是文房四宝中的笔、墨、砚。

屋子中央正摆着一张大桌，桌面铺着一幅地图，上面布着数十枚精巧的棋子。

屋子角落则立着一口盛满水的陶器，不知当称为小瓶还是大钵，一尾红黑相间的金鱼正静静地在水里游弋。

如此陈设虽像极了书斋，却置了一席卧榻，或许是出于这个缘由，尽管归置得井井有条，却仍显得杂乱不齐。

作为屋主的男子，此刻正眯着一双灰绿色的眼睛，但见他眉目间隔甚窄，嘴角皱纹有如刀刻斧凿般分明。显然有着距宋朝万里之遥的西域人的血统，这般面容却与焦木色的长发相得益彰，隐约透着威严。

身体发肤，受之父母，毁之即为不孝，原是世间之理。然而任其披散，非但外观不雅，日常起居也多有妨碍。因此固之以簪，束之以结，方合乎礼仪。

然而，此人非但放任头发披落，连髭须也是邋遢不整。

此名为披发的发式，似表现着徒有形式的礼节则毫无用处之义，颇有正面抵抗名教和现存权威的架势。

只见那男人面有愠色，神情怏然。不过紫苑凭借多年的经验已然知晓，这正是师父遭遇难处时的神情。

男子身着普通的襕衫，底色也是平常的白色，腰间草草地束着一条带子，唯有领口绣有一朵牡丹，却也不甚花哨。

与之相对，紫苑，衣装上则隐隐透着异国风情。

细看之下，便知其虽以胡服为基调，却略作修改以便日常起居之用。此为唐朝风行一时的装扮，如今看来却颇显老气。

胡服本为方便骑射而裁制，乍看之下似为男装，但以金线在红底上绣成的凤凰，却带了几分妍媚之色，尽显女性的优美。

然则紫苑除却娇柔可爱，更有如一柄锋芒毕露的利剑之美。

　　一对显眼的柳眉之下，是沁凉却又透有坚韧之志的眸子。耳边垂下两束三股辫。双足健硕，绝不类近年风行的三寸金莲。

　　虽有女子特有的圆润，紧致的躯体却丝毫不显半分累赘。

　　最惹眼的莫过于她举手投足间莫不带着武人之风，无论是临阵对敌还是日常起居，身上都带着虎狼般的凶险气息。不过周身的红色以及昭示祥瑞的凤凰，却冲淡了这般威严的气质。

　　"不敢，身为弟子，自不该在此饶舌。"

　　紫苑一面应对，一面手心向内当胸叠在一起，微微欠身行了一揖。幸而刘海和辫子隐去了脸上的神情。

　　"徒儿啊，当你掩饰不满的时候总会摆出一副冷脸，从前就是如此。"

　　泰隆的嘴角虽万难上扬，灰绿色的眸子里却微含笑意。

　　这次则轮到紫苑困惑不解了。这违和的态度，正是师父梁泰隆有所隐瞒时的表现。

　　于是紫苑将心中所藏的话道了出来："且说我连绝技是什么都不知道。"

　　泰隆以手抚髯，微微偏过了头，紫苑见状继续说道：

"听闻师父会从已成名的侠士中甄选一人，以毕生绝技倾囊相授，弟子便坚持了下来。如今拜师已逾十八载，弟子虽天资驽钝，却也日夜专研，毫不松懈，如今未能继承，实在心有不甘。"

泰隆再度摸了摸髯须，边叹气边摇头道："为师在收徒之时便已叮嘱过了，你不该做寻常的武者，不然为师何以要从京师聘来先生教授你呢？"

"学那些诗文抑或兵法又有何用？"

紫苑望向了桌上展开的地图和棋子，《孙子》《六韬》等兵书，自不必说，这些都是用来研习模仿实战的阵形和战法。

近有四十年前的金国海陵王入寇采石矶之战①，以及本朝岳飞将军夺回襄阳六郡之战，古有诸葛亮北伐，以及司马一族代魏夺权的高平陵之变。各种各样的战阵皆有研习。

然而紫苑身为一介习武之人，手无兵权，用兵作战的机会，怕是一辈子都不会有了。

泰隆将髯须捋了三捋，口中言道："诗文可滋养身心，兵法可开阔眼界。唯有熟读诗文，方能传千思万绪，通微言

---

① 指南宋与金的采石之战。1161 年，金海陵王完颜亮企图攻灭南宋，兵临长江采石（今安徽马鞍山市西南）。宋军利用水军优势击退金军，使南宋转危为安。——责编注

大义，知英雄之气概、庶民之欢喜、天地万物造化之玄机。

"研习兵法，方能窥见征战和取胜之道。徒儿哪怕练足气力，磨砺技巧，倘若使用不当，亦与暴力无异。既是习武之人，便切不可勘错'武'和'侠'之用途。"

"师父所言，弟子全都明白，但……"

紫苑言语中甚是不悦。

所谓得授绝技，便是继承师门所有的武功。如此一来，便将肩负日后光大门派之责。作为弟子，没有比这更大的荣耀了。若只是无法如愿，紫苑倒也心甘。但要是将门派托付于素昧平生的外人，便不能一笑而过。同为习武之人，师父决计不会不懂她的心思。

"是弟子不配继承师父的技艺吗？"

"你无须继承为师的武艺。"

听闻这般毫不掩饰的话语，紫苑唯有紧啮红唇而已。

"想讨教几招吗？"

泰隆忽地摆好架势，递出右手，来势虽缓，却全无破绽。但见他食指和中指绷得笔直，其余三指弯曲，捏的正是剑诀，乍一看像是仙家施法。当然所谓的法术全是子虚乌有。左手则似张弓搭箭般向后收紧，同时腰部微沉，显然是在蓄积气力。

随着"啪"的一声火药爆裂般的巨响，泰隆往地上一蹬，身子一跃而起。柜上的书卷随着桌面的棋子跳将起来。

心跳的瞬间，泰隆已抢到跟前，上身丝毫未动，就似一尊滑动而来的造像，难以拿捏出招的节点。在紫苑看来，泰隆像是扭曲空间般乍然出现在了眼前。但见他的左手似握着一柄利剑，剑光一闪而过——这正是"无影双掌打"的功夫。

掌力汹涌而至，压缩成块的空气直逼胸口。

紫苑向后一仰，卸去了"无影双掌打"的掌力。武艺既浸淫于身，往往早于身体做出反应。泰隆冷不丁要切磋武艺也非头一遭了，即便对手出招在电光石火之间，心绪也从未有过一丝纷乱。

紫苑纤细的身子轻飘飘地落了地，此时泰隆飞腿已至，紫苑展开巧步，身子一挪，便跃出了师父足尖的劲力之外。随即就着转身之势，横肘向泰隆侧边击出，却被一物架了开来，她定睛一看，不知何时泰隆手上已多了一把折扇。

一合之间，适才弹起的棋子书籍纷纷落下，柜顶和桌面登时响声四起。

迟了一拍方才展开的扇子，此刻却飘然落地，对面的泰隆早已不见了踪影。

紫苑只觉得后背隐隐有声，未及细想，便将身子向后一仰。霎时间，单掌已从下颚掠了过去。

紫苑一把攥住泰隆推出的手腕，以轻若鸿毛的身法一跃而上，随即双足扣住对方的手肘，顺势将骨节反扭过去。

虽说这招擒拿手（关节技）毫不拖泥带水，但泰隆只将手平挥，径直往墙上撞去。

刹那间，紫苑双足松脱，牢牢钉上了墙壁，竟似踩在平地上一般。一眨眼的工夫，她便在墙壁上奔跑起来。

此法称"飞檐走壁"，或称"壁虎游墙""飞天术""轻身功"，各派称呼不尽相同，正是通称为"轻功"的武功秘技，乃是驭行气脉，将体重减至极限，令躯体如飞羽般轻盈的技法。

此时的紫苑，体躯仅有一片落叶的重量，纵踏水蹴波，亦不在话下。

伴着一记轻快的足音，紫苑一跃上墙，腾挪至离顶棚不过寸许之处，忽地将身一翻，双足就势直取泰隆头顶。

泰隆双臂交叉，硬生生接住紫苑的一记"凤落脚"，虽说被逼得膝盖微曲，伴以尖锐的喊叫声将足劲弹了开去。

待紫苑重新摆好架势，泰隆的追击已迫在眼前。两人在空中对了一掌，掌力虽不相伯仲，泰隆却硬是抢到了前面。

但闻"呀"的一声吆喝，泰隆的双掌释放出无形的掌风，紫苑自知难以抵挡，猛地向后一跃，身子早后退了数尺。双方仍摆出紧守门户的架势，绝不肯松懈半分。

——这是何其深湛的内功。

泰隆这一击，即便在交手之际也足以让对手心生敬佩。

内功，或曰内家功夫，与轻功、外功并称为武家三要，既是武学根基，也是精要所在。

仅凭内力便将来招弹开，实非肉身凡夫所能及，更何况泰隆并未用足全力。师父果真神勇无俦。紫苑在心中暗自喝彩。

虽说长辈高手以巧技对阵青年武者本是寻常之事，但泰隆的武艺却要深湛得多。但见他犹如猛虎扑食，柔中带刚，破空的掌击势若雄狮咆哮，指尖照准穴道直扑过来，怎是如钩爪般锐不可当。

灰绿色的瞳仁中，闪耀着野兽的精光，端的是危险之至。如此姿态却与"碧眼飞虎"的浑名神似。相比而言，紫苑的招式反倒更显巧妙。

"不知下一招又是什么？"

紫苑在心中暗忖。或许是习武之人的性格使然，但见她舔了舔嘴唇，斗志愈发昂扬。可泰隆却战意阑珊，若无其事地收回了架势，只道了声"够了"，声音依旧威严，呼吸竟分毫不乱。

"为师的功夫和你的功夫，已然完全不是一个路数。"

其实不必多言，紫苑也心知肚明。自己的武功招式，全无师父的厚重与强劲。心中不由想到倘若外功不失，自己早就应是江湖上响当当的人物了。

紫苑不由护住了左胸，并非因为疼痛，而是感到一阵撕裂般的火辣，随即懊丧地咬住了嘴唇。

不得继承绝技的缘由，果然便在于此吧。

若将武侠之力一分为二，便是"外功"与"内功"，一切概莫能外。

外功乃外在之力，即是膂力。换言之，亦可唤作体力、破坏力、耐力和抗打力。

与此相对，内功则是发自体内，乃是修炼经络，驾驭呼吸、血流、气脉，将躯体所蕴含的潜力运转如意的行气之法。

然而单凭内力并无作用，须与某物相辅相成，始能发挥功效。

譬如与自愈能力相乘，便可快速疗伤，与外功相乘，便可将招式的威力增至数倍乃至数十倍。

若将内功练到极致，其中的一种形态便是轻功。正是通过运气调息驾驭经脉将体重尽数抹消，宛若神仙般跳跃腾挪的技巧。

内功可用呼吸吐纳、服食灵药等法门加以锻炼。泰隆和紫苑一派则以吐息纳气和坐忘之法修得内功。

而今紫苑却出于某种缘由，外功只与普通女子相去不远，无论怎么苦练，都再难有寸进。因此她才勤练技巧和内功。但修为愈深，便愈偏离了泰隆本门的武功，只能说是莫大的讽刺。

倘若无缘继承绝技的真正原因是破了外功，那便只能依师父所言，不得不就此罢手。

就在紫苑莫可奈何、束肩懊丧之际，门外传来了人声。

"紫苑姐姐，爹爹，你们都在这里吗？"

未及回应，门便给推了开来。

来者是一个稚气未脱的女孩，待见到两人，便小跑着靠了上来。

"果然在这里呀，听到那么激烈的响动，便料想是在此间。你俩这是在切磋武艺吗？怎么不用一楼的练功场呢？"

师徒见状一齐苦笑起来，就连笑容也一模一样，不过本人皆未察觉罢了。

"谈不上切磋，只是闲谈了几句而已。"

"唉，在这么苦寒的屋内，亏你俩竟说了这么久。但愿金鱼钵不要冻住才好。"

少女的脸颊和呼出的气息都笼罩上了一层白雾。火盆中余烬早已熄灭，两人只顾着说话，竟是全然不觉。

"亏得催动内功运转真气，加上只是略动拳脚，反倒觉得浑身畅快。"

"我也要修习内功，这样既能避寒，又能驻颜，真是再好不过啦。"

"内功既是武学根基，也是精要所在，可到了华儿这里，却只不过是御寒和健体的雕虫小技了。"

是药三分毒，内功也是有副作用的。由于气血运行的活化，得以驻颜不老，却也难以冲破造化之关以延长大限，因此并无延寿之功。不过对某些人而言，这也算可喜的副作用吧。

可是在泰隆身上，却是与年龄相若的老态，甚至还要更显老些。此时他嘴角深嵌的皱纹正快活地舒展开来。个体差异自不必说，内功的修为深浅以及维持内力的法门皆有莫大的影响。

泰隆的内力尽注于武艺，真气很快便会随着武功招式尽数放出，是以对驻颜几无效用。

"这般好用的法子，爹爹却从没教过我。"

"为父只需要紫苑一个弟子便够了。"

在紫苑眼中，他安抚耍性子的女儿的模样，却显得无比可亲。谁也不曾注意到这对父女其实并无血缘关系。

要说全无妒意也是谎言。自己既为弟子，是决计无法这般任性的。尽管如此，对于眼下的境遇，紫苑并无懊恼，也不曾后悔。

只为口粮不继，自己便被遗弃了。为了保全性命，不得不寄人篱下。再不济些甚至会被卖为奴婢。待紫苑听闻尚有专门救济孤儿贫民的悲田院①，已是长大之后的事了。但即便被收入悲田院，也很难说会得到什么优待。

得以拜入师门成为弟子，紫苑自觉已是三生有幸。虽然修行严苛，但总算衣食无忧。

虽说父母和胞弟的长相早已淡忘，可泰隆难得一见的笑脸却历历在目。

"华儿特地跑进八仙楼来，是有什么事吗？"

"爹爹邀请的大侠们差不多该到啦。"

---

① 中国古代佛寺救济贫民之所。唐开元年间最初设置于长安与洛阳，称为病坊，后改称为悲田养病坊，宋朝沿继该机构的设置，称为养济院。——译者注

"都已经这么晚了嘛。"

或许是因为下雪的缘故，报时的钟鼓声并未传来，但就腹中饥饿的情状来看，应是未时五刻（14 时 15 分）至申时（15 时至 17 时）之间，差不多是平日里定期航行船舶入港的时辰。师父请来的江湖大侠，应是乘坐这班船上岛。

"我就不去迎客了吧？得在家准备待客的酒菜饭食，实在脱不开身呢。"

就像孩童间的嬉戏一般，恋华拽住了紫苑的胳膊。

"小姐，师父的话还没讲完。"

"不，为师该说的话都说了。"

"……弟子告退。"

"紫苑。"

见弟子正欲转身离去，泰隆忽然威严地呼唤了一声。

紫苑默然转身，眼眸子不住晃动。

"你是为师的弟子，务必谨记于心。"

"……是。"

紫苑又是一揖，随即转身离去，恋华紧紧跟在后面。

二

栈桥是直通八仙楼的，倒不如说除了栈桥，这里通不到任何去处。

人人皆道此楼非比寻常，并非指的营造样式，八角形的三层楼阁虽然罕见，却也称不上稀奇，其独特之处在于选址在湖心之岛的缘故。

湖的形状好似拉满的强弓，又似展开的折扇。从弓弦至箭体最远半里[①]有余，弓体则长一里有余，全长二里半有余。

楼阁即建于湖面中心之岛上，营建楼阁的土地勉强敷用，姑且不必打桩入湖。不管怎样，在此地界凭空建起一座楼来，除了异想天开，也没有别的言语能够解释的了。

此湖中之岛位于孤悬海中的八仙岛之中央，故而此岛也可唤作岛中之岛。紫苑也不知是因为先有八仙岛后有八仙楼，还是先有八仙楼再有了这八仙岛之名。不过既有名为八仙桌的四角方桌，想来八角形便和名字无甚关联了。

湖面上雾气氤氲，一如方才凭窗俯瞰的光景。由于八仙岛整体呈盆地状，易于积蓄浓雾，阳光难及，所以到了现在的季节，正午时分常有雾气弥久不散。

就在被白雾遮蔽的湖面上，一叶轻舟缓缓划过，水面见

① 据学者吴慧在《新编简明中国度量衡通史》（中国计量出版社，2006年）中考证，唐以后 1 里为 1800 尺。学者丘光明曾在《中国历代度量衡考》（科学出版社，1992年）中厘定宋时 1 尺为 31.2 厘米。故可推知宋代时 1 里为 561.6 米。——责编注

不到一丝波澜，就似在云端上踽踽而行。

每次摇船之际，紫苑都会暗想，倘若世上真有仙界，那便定是在此间了。

"哎……可冻死我了。"

恋华抱紧了身上厚厚的棉袍。

这天本就寒冷，加上身陷浓雾之中，寒气侵入肌骨，有如撕裂一般疼痛。就连这点行程，恋华也不堪忍受，便拉拽了正在摇船的紫苑。

"小姐，切不可在船上乱闹，好生危险的。"

"可是这样难道不开心吗？"

紫苑扑哧一笑而松弛下来的脸颊，看起来实际的岁数小了很多。

"我没法像紫苑姐姐和爹爹那样，没事比武来玩。"

"就算如此，也不必故意犯险呀，这就是你的坏癖性了。"

"紫苑姐姐每次练武弄伤了身子，还不是说一样的话来着。"

紫苑只得如被缴械般微微苦笑，心道："小姐要是这么说，那可就真没法回嘴了"。

而恋华似已心满意足，骄傲地挺起了胸脯。虽说紫苑对她身上某个远比自己膨大的物事感到了些许嫉妒，但仍是不胜爱怜。

江湖习武之人看似放荡不羁，却也有自己的规矩。拜师便是其中之一，一旦结为师徒，师父便形同父母，而师父家的姑娘，无论亲闺女还是义女，皆与姊妹无异。也就是说，若按这江湖的规矩，两人便是血亲姊妹。实际的血缘反而无足轻重，既为师徒，便是比血更浓的羁绊了。

无论传武还是授艺，师父都会将毕生所学尽数授予弟子。是以对于择选门人自然慎之又慎。见微知著、举一反三的天资并不稀见。越是武学高手，这点便越是要紧。

因此武艺只传同宗同族或是交情深厚之人，以防技艺外泄而坏了身家性命。这便是即使被师父下令逐出门墙，弟子也不能自断师承的缘由。

拜师既是如此重誓，是以无论发誓者还是受誓者，都须下相当之决心。未行拜师之礼，不得擅称师父，虽是同门，所学之艺亦大不相同。

紫苑未能得授绝技而耿耿于怀，便也源于此。这不单单是衣钵传承，更是攸关师徒名分，甚至是父女间的羁绊。

正在心神恍惚之际，紫苑被这清澈的声音一激，陡然惊觉过来。

"莫说内力，就连这气力也是弱得不行，但身为'碧眼飞虎'之女，就得守这规矩，这未免太过荒谬了。"

"紫苑姐姐还记得萧明姐的事吗？"

忽而被问及此事，紫苑点头道："我又怎会忘记呢？觉阿先生之女，我们一道生活了好些时日呢。"

方才说到泰隆为了不让紫苑只知习武行侠，特地从京城聘得先生，便是这个陈觉阿了。他本是京官，却不喜在宫中供职，积蓄了一些钱财后便弃官隐居，开办私塾。四书五经自不消说，就连兵法和诗文也得他所授，紫苑当然铭记终生。虽无求取功名的资格，却被训练了一身科举的本事，当真是贯彻到底了。

而萧明便是他的爱女了，她所学的是礼仪、器乐和舞蹈，年纪只长紫苑四岁，性子温婉柔和，因而紫苑也把她当作姐姐一般仰慕。六年前她出嫁，紫苑既感高兴，心中又颇感落寞。

现在她和觉阿都住在都城临安。父女都是勤于动笔的性子，每年都会通信数次。尤其是觉阿那边，每个月都会托人递来几封写给泰隆的信。

"萧明姐嫁出去的时候，我才想到，终有一日也要和某人长相厮守。"

紫苑心中甚是欢喜，同时嘴唇却被罪恶感渗得微微发苦。

就在头脑一热正欲作声之际，船头却"咯噔"一声触到了硬物，似已抵达了湖岸。

两人不约而同地分了开来，紫苑先将船系在了栈桥上。回身望去，但见八仙楼兀自伫立，应是周遭烟雾缭绕之故，仿佛凭空生长出来一般。

初看只觉得如幽鬼精魅，但如今已不这么想了。在紫苑看来，八仙楼既有师父的庄严面相，又如城楼般坚不可摧。

楼阁难移，而人心易变。不管怎样，这都是个长年久居的所在。在紫苑心里，比起什么妖魔，师父的拳脚着实要可怕许多。

当初拜师后不过数日，便练功练到晕厥，年幼和身体不习惯并不能当作借口。一招一式都要反复操演，直至运使纯熟。

但凡稍有松懈，师父的拳脚便毫不容情地奔袭而至，常常几招过后便被鼻血呛住，连气都喘不上来。万幸的是总算没落下什么伤残，却也唯有夜半入眠时方能心安。

紫苑一旦对这些子虚乌有的怪力乱神稍有惧意，便叱令自己专注于习武上，每日强记招式，反复磨炼，内功亦丝毫不曾懈怠。

同时这也是她第一次被那只宽大的手掌摸头而获得嘉许的地方，温厚的木梁和冷酷的砖瓦搭就的这牢不可破的八仙楼，倒像是泰隆性格成形后的模样。

恋华上来一把挽住紫苑的胳膊，催促道："紫苑姐姐，你再这么发呆，小心着了风寒。"

紫苑毕竟修习过内功，此等严寒尚不以为意，恋华却已冻得口唇青紫。紫苑见状忙道："正是，我们赶紧走吧。"

两人将纤细的臂膊络在一起，朝着小屋走去。适才下了栈桥，宅邸便已映入眼帘。虽只是不足百丈①的路程，但能相伴这一小会儿，便已安心。紫苑只觉得踏在雪地上的沙沙声甚是悦耳，不由得在心中暗想，要是这般看似无用的时间能永续下去该有多好。

当穿过宅邸的大门时，紫苑心中甚有不甘。

这是一处与乡野田陌格格不入的豪华宅邸，在气派的正门后，还设有名为垂花门的装饰门，将内外院分隔开来。正门是设席待客和家人用膳的正房，对面则是唤作倒座的南房，左右则是厢房。此形制名为四合院，在京畿之地很是常见，但在这样的乡间野地却是极为稀罕的了，宅院地界开阔，颇

---

① 宋时 1 丈为 10 尺，即 312 厘米。——责编注

有点寂寥的味道，像今天这般寒冷的天气尤其如此。

三

八仙岛只是一座小岛，若取近路，一个半时辰至两个时辰即可穿岛而过。便是环岛缓缓行走，也就一日的脚程。即便如此，港口的设施却相当完备。因为离都城临安不远，渔船商船往来甚多，时常可见船只停靠岸边，专为搬运岛上盛产的茶叶、药草。

其中茶叶香气馥郁，汤味上佳，因而价格昂贵。岛上居民人数不足两千，却几乎都是茶农。

茶叶和港口劳务几乎成为该岛的主要经济来源，几个村子也依着劳作的地点就势划分地界。且不论像泰隆、紫苑这般与世隔绝的隐者，就连医者商贩之属都绝少见到。

不过，岛民之间并未因此落下嫌隙，茶农深知没有港口就无处售茶，港口的劳工也懂得没有茶叶就无钱可赚。是以逢年过节，岛民便倾巢出动。各村落之间的通婚也屡见不鲜。紫苑和恋华在上元节也曾去过夜市，还协助岛上的友人操办过婚礼。

而在这样一座小岛上人人温饱富足，全凭国力雄厚。最后一场大战已是四十余载之前的事了。进贡至金国的岁币，也以互市得利的形式成倍返回，大宋正安享着建国以来少有的富足与和平。

这时已过正午时分，港口一片平静。虽说宅邸周围全是深厚的积雪，但在此处人群的热气之下已经消融了不少。

货物似已卸完，栈桥上只停靠着一艘船，帆已收了起来，看来离起航应该还需一时半刻。

尽管如此，边上还是聚集了不少商贾岛民，就连小摊子也很热闹，尤其是提供热茶和羹汤的摊子前，更是摩肩接踵。想必是干完活的劳工们打算在回家之前先歇口气吧。

那里已然有人在等着了。

虽然已告知过长相，但其实不用听也能知道。既是习武之人，气质就定然与众不同。

紫苑一眼就望见了一个男人，但见他一头波浪般的鬈发垂至颔边，没有抓髻，却是和泰隆一样的垂发。这是周围一带极少见到的发型，所以显得特别惹眼。一身皮肉被阳光晒得黝黑，衣着在此等寒冬显得有些单薄。紫苑心中暗想，这人与其在此处喝羹取暖，倒不如先去换身衣裳吧。这时耳边恰好传来了男子向侧近的女子求助的声音。

"师姐！且帮我一帮！小弟忘带钱了！"

这话说得不急不缓，声音甚是响亮，显然是船人了。海上风高浪急，在两船之间，乃至于同一条船上，便不知不觉会用这种腔调说话。而被他哭丧着脸看着的女子，全然不顾伙计尴尬的面容，径直取笑男子道："为何连你的饮食都要我管?"

女人打扮得甚是花哨，头发上插着几个发饰，个个都很抢眼，但整体望去却合衬之至，像是经过周密计算后所构建出的极致之美，端的是不可思议。不过因为周正的五官和修长的身躯，却也不惹人讨厌，加之一双丰满的胸脯，更是不失娇艳，倒让人隐隐有了几分憧憬。

"都说为侠者最好仗义疏财和扶危济困，现在师弟有难，当师姐的又岂能坐视不理?"

"都五十多的人了，还让年纪小的女人管饭，也不知道害臊。既然身为师姐，又岂能做羞辱于你的事呢?"

女人虽是戏谑，行动却异常干练，见伙计的表情愈加僵硬，男子脸色发青，女人便掏出了钱袋。

"真没法子，也给我打一碗羹汤吧。"

那伙计松了口气，连忙摆出笑脸，将碗递了出去，待女人接过碗付过钱后，他却又重新板着脸道：

"客官，您只给了一人份的钱。"

"你看我像两个人吗?"

"这位大哥可是您的伴儿?"

"我哪来的伴儿,不过是孽缘罢了。"

"师姐!求你了!借几文钱吧!日后一定还上!"

男人的言语里满是焦躁,听起来倒像是赌输了钱的无赖子向节俭持家的媳妇儿百般辩解一般。

这般戏耍了一番,四周登时喧哗起来,紫苑瞪大了眼睛,注视着两人的一举一动。

眼见这两人无论怎么挪步,脚下的雪都干干净净,竟没留下一丝足迹。显然这是用轻功将体重尽数化去,已臻"踏雪无痕"的境地。既非有意为之,想来定是高手无疑。

泰隆只道来客的面相是"一头乱发的男人和打扮花哨的女人",与这二人极为相合。四下张望了一圈,这般人物决计寻不出第二对。他俩并非岛民,想来便是所等的客人了。

于是紫苑上前插话道:"这钱我来付吧。"

女人却将怀疑的目光毫不留情地直射过来。"怎么,小妮子这般乐善好施吗?"

女人的回应甚是无礼,声音中满是游戏被打断的扫兴之感,倒显得有几分滑稽。紫苑微微欠身,左手抱住右手行了一礼。此礼名为抱拳礼,或称拱手。揖礼一般用于寒暄问候,而抱拳则是应对尊者的礼节。在武侠之间,这也是表明己方并无敌意。反之，若是用右手抱住左手，便是出手绝不容情之意。

“是蔡文和前辈和乐祥缠前辈吧？师父特地嘱咐晚辈前来迎接二位。”

“小妮子可是泰隆的徒儿？”

女人刚应了一句，男人哭丧的脸霎时明快起来，忙说道：“多谢小丫头搭救。我就是不知不觉被这羹汤的香气诱了过来，却发现忘了带钱。”

笑容虽甚是亲切，却隐隐有种毫无破绽的凌人威势。喷涌而出的侠者之气化作无形劲风，拍打在了紫苑脸上。

听闻他已经年过五旬，可看起来却要年轻十岁。但见他头发乌黑，脊背挺拔。从千锤百炼的体躯强度，也可窥见武学造诣之深。

“呿，莫要多管闲事，我这是有意逗他玩儿呢。”

女人咂了咂舌，而紫苑依旧不减礼数，口中说道：“乐祥缠前辈，您‘紫电仙姑’的名号响彻这八仙岛，今方得见，真是三生有幸！”

“我可不喜欢这个诨名。”

美人出言不逊，外加年龄不详，更是平添一种深不见底的冷肃。从方才的对话可以得知，她的年纪比蔡文和要小，面相尤其年轻。

"我又不是玄门中人，女人一旦内功深厚，便会被人胡乱起个'仙姑'的名号，你可也要小心了。"

祥缠一边说着，一边从怀里取出了一个小小的铁筒。此物通体长约四寸①，造型甚是奇特，一头甚窄，另一头则装着一个用来盛物的盘子。

祥缠将切碎的叶子塞进盘里，叼起另一头，而后用燧石点上火，轻轻地吸了一口，皱着眉喷出一口烟来，紫苑顿时来了兴致，问道："这是何物?"

"你既然知我名号，也当知晓我在各地经营的产业吧?"

"可是叫终曲饭店?"

"我从蒙古、西辽等地购入了很多物件，这便是从彼处买来的消遣品，唤作烟管。此物不曾在中土流通，你自是不知了。这草叶跟药草相类，只消吸上一口，心情便能平复下来。"

稀奇的物事往往能勾起好奇心。和古已有之的东西一样，大部分习武之人对新奇物件都异常敏锐，说不定能够凭借某物专研出新的武技。

————————

① 宋时 1 尺为 10 寸，即 3.12 厘米。——责编注

眼前这细巧到足以揣入怀中的道具，或可当作暗器来用，诸如此类的想法登时涌上心头。不过紫苑还是很快意识到眼前的伙计，赶忙先将账付了。

那伙计悬着的心总算落了地，开始招揽别的客人，此刻他大概只盼紫苑等人尽早离开摊子。

"泰隆身体可好——哦，失敬失敬，按以前的习惯直呼名字却是我失礼了。在弟子面前，该叫他师兄才是。"

"如此说来，两位便是师叔了？"

"叫师叔倒也不错，可你还是照旧直接呼我姓名便好。如此毕恭毕敬实在肉麻得紧。"

"你又有何肉麻？泰隆虽说跟你名为同门，可学艺的时候连面都没见过。"

"这样说来，师姐是和泰隆一起在师父门下学艺的？称呼又怎的如此随便？"

"我和泰隆打小便认识了，叫他哥哥倒也还好，师兄什么的还真叫不出口。"

"这把年纪了，哥哥才当真叫不出口，又不是女娃子了，师姐也该想想自己的岁数——哎哎，对不住，对不住！耳朵，我的耳朵！要断了！"

他的耳朵被毫不容情地揪了起来，仿佛真要扯下来似的。

紫苑忍不住笑出了声，暂时将绝技的事抛到脑后。

"小妮子只要别喊我诨名就行，明白了吗?"

"是，那还是叫蔡前辈、乐前辈吧。"

文和打趣道："像泰隆这般顽固不化的人，竟能培养出这般率真的弟子，你也真辛苦呢。"

话虽毫不容情，但也没丝毫阴损或讥讽的意思。就如同跟无须顾虑的好友畅谈一般，说得甚是直白。

"师父确实很是挑剔，但对弟子而言，他都是值得尊敬的长辈，晚辈从不敢想辛不辛苦。"

"这话听着简直像照本宣科一般，难不成你是事先准备了套话吗?"

面对这个刁难的提问，紫苑也只能报以苦笑。

"师姐，似这般和年轻人掰扯不清，只会被当成年龄上的嫉妒——别别! 疼疼疼! 我的耳朵我的耳朵!"

"说真的，你这张嘴就跟性子一般滑头，都五十多了，言行上得考虑周全点才是。"

"那个……乐前辈，就这样算了吧。蔡前辈的耳朵真的要扯断了。"

"我才懒得在此胡闹，快领我们去泰隆的府上吧。"

"虽很想从命，但还有一位来客。"

"……另一人却在何处?"

"听说是和两位前辈同船来的。"

看来此二人和余下一人并不相识。

紫苑又向四周看去,再也看不到一个习武模样的人。可还是一眼望见了一个打扮怪异的男子,但见他穿着僧衣,在另一个摊子跟前大口吃面。

这一带僧人稀少,或许是饿极了吧,他吸食面条的哧溜声和咬碎炸蟹的咔嚓声清晰可辨。但见他盯着木碗,眼神锐利之至,从僧衣的缝隙中若隐若现的躯体肌肉虬结,甚是惊人,似乎修为不浅。

紫苑正要招呼,却听对面厉声问道:"是梁大侠派来的人吗?"

"晚辈是他的弟子苍紫苑。"

那僧人的眉毛微微上挑,浓眉之下的眼睑稍稍抽动了几下,宛如尖刀的目光直刺过来。

紫苑一眼便知对方是在窥探自己的实力,正待回应,那人的目光却又落回了碗里,只见他豪气干云地将面汤一饮而尽,粗声道:"贫僧为问。"

这正是从泰隆那里听到的名字。虽说不知道是法号还是本名,但既然本人这么说,想来便不会错了。

"大师，这边请。"

"稍等，贫僧有一事要问。"

他将手上禅杖往地面一杵，其上端的铁环随之叮当作响，这本是祛除烦恼增添智慧的慈悲之音，可僧人的表情却写满了不悦。

"从有名望的武林人士里挑选传授绝技的对象算怎么回事？梁大侠到底在想什么？"

紫苑心中暗暗嘀咕"我倒也想知道是为了什么"，但未及被面谕，便奉师命，只得前来迎接这几位大侠。如今竟被当事人问及缘由，唯有面露难色而已。

"是师父差遣我来的，大师有什么话，还是当面请教师父吧。"

"你意下如何？这样真的好吗？在见到梁大侠之前，先把你的想法说给我听听。"

紫苑闻言甚是恼怒，情不自禁地咬住了嘴唇，为了掩饰过去，慌忙作了一揖。身为武者，只需向对手望上一眼，便能大体窥知对方实力。大侠们自不会疏忽大意，但从一举一动中流露出的情感却无法隐藏。紫苑也曾反复修炼此道，是以能觉察出来。

眼前的僧人，修为无疑在自己之下。

一块块隆起的肌肉倒有几分像是粗壮的行伍之人，但也仅此而已，至多也只是个训练有素的武人罢了。唯有庄严的表情可与泰隆一较高下，威势却犹有不及。

话虽如此，自己竟被当事人问及感想，这便不甚有趣了。但这是师父泰隆定下的事情，纵然饮下苦水也要忍耐。

或者是因为心绪纷乱被师父勘破，所以才不得继承绝技？紫苑越想越觉得自己修为不够。

"喂，大和尚！"

正在紫苑暗自苦恼之时，背后传来了一记喝问。"我不晓得你在唠叨个什么，可你看不出这小丫头是有难处吗？如果有话要问，那就照她说的，直接找泰隆问个明白便是！"

"敢问这位是……"

"不才蔡文和。"

"你便是'烈风神海'吗？"

"哦，我这诨名居然连和尚都识得，可真教人惊讶。"

"不愧是海帮帮主，当真是海贼风度。"

"大和尚误会了，我们是专门围猎海贼的海贼。"

所谓海帮，是以江南为据点的各大帮会中历史最久、势力最大的一支。据说虽创始于唐朝，但发展至如今规模，却是本朝的事了。

　　帮中行事，正如文和所言，是从海贼的觊觎下保护商船，维持治安，无奈帮中尽是些粗人，既是帮会，处事难免机密，外加总要索些利物，在外面看来便是和海贼一般无二，虽于声名有损，却也无法可想。

　　"爱怎样便怎样吧，总之此事与你无关，不必饶舌。"

　　"这个不行，我既受了小丫头的恩惠，必须报答这一饭之恩才行，这便是江湖规矩——不对，是为习武之人的性情。"

　　文和即刻摆开了不惜一战的架势，将腰沉沉地坠了下去，将气力灌注到下盘，口中言道："再说了，小丫头既是泰隆的徒儿，便与我是同门，更不能撒手不管。大和尚要是有什么怨言，就冲我来吧。"

　　但闻铁环叮咚作响，为问手中的禅杖冲着那头乱发直扫过来。虽说是暴起的攻势，文和却似并不意外，只是将头一偏，便躲过了一击。

　　"贫僧正在和这位女侠说话，能不能别来插嘴？"

　　"哦，意外地挺能打嘛。"

　　文和脸色一亮，声音甚是喜悦。

　　这倒也不足为奇，无非是高手近在眼前，所以急不可耐地想斗上一斗吧。似乎从一开始便是这样的打算。

"上了岸的海贼又能有何作为!"

"试试便知!"

话音未落，禅杖再次当着文和的门面掠了过去。只见文和毫不慌乱，身子向后一仰，同时飞起一脚，直取为问握杖的手腕。足影闪过，禅杖却并未落地，反倒被为问伸手攥住了脚踝。

"喝!"

平地响起一声怒吼，文和的身子伴着莫大的气势被高高举起，径直摔到了地上，但见他施展轻功，两手轻轻地止住了躯体的下落之势，借力反向一推，便跃至了齐头的高度，脚掌就势急蹬，直取对方侧脸。只听一记闷响，为问竟稳稳站定，硬生生接了这一脚。

"好筋骨!"

文和口中喝彩，声音却甚是从容。

周围的人见到这两人猝尔动起手来，慌忙纷纷退到稍远处。

此处原本就是小岛，虽是贸易据点，但当地岛民并不多，玩乐消遣之事也寥寥无几，于是转眼间便被围了个水泄不通，四周欢声鼎沸。

"唉，真是愣子。"

　　唯有祥缠从喧闹的人群中抽身出来，尽管如此，她仍旧占了个绝佳的观赏位置，随即端起烟管，又是一阵喷云吐雾。

　　"两位前辈！快快住手！"

　　"你就别管了吧。"

　　紫苑刚想制止，却被祥缠拦了下来。

　　"但凡是明理之辈，是不会在这种地方动起手来的。可是去跟这些愣子讲道理却又是天大的蠢事，只好让他们打到自己罢手吧。"

　　这话看似放任不管，但她的说法却直截了当地道出了习武之人的处事原则。

　　若是明理之人，原本就不会涉足习武之道，也不会披头散发违拗礼教，更不会在这种地方动手。何况事已至此，这两人便再也不会听劝了。

　　无奈之下，紫苑决定转去观战。

　　文和既自称是同门师弟，身法确实与泰隆是一个路数，招式也大抵相类。不过，两人的动作却颇有差异。泰隆势若猛虎咆哮，而文和却动似苍鹰盘旋。

　　但见他一击一打迅疾无比，姿态凌厉优美，看似有隙可乘，其实尽在计算之中，且身法轻灵自在。时而匍匐低潜，时而一跃腾空，手脚并用，各路招式层出不穷。

此刻他使了个"猛禽飞扑"，跃入为问怀中，脚上一勾一带，上身猛撞过去，为问腿上遽尔不稳起来，着实有趣之至。

"要扑倒了吧，这要是在船上，和尚可得摔个嘴啃泥喽。"

凭文和这番话倒可窥见他腰强腿壮下盘稳健的秘诀，日夜摇晃不休的海船甲板才是他的主战场。其间锻炼出的平衡感，是只在陆上生活之人无法企及的。

另一边为问的身法则要粗犷许多，一味凭着刚硬之劲挥舞禅杖，对手近身则针锋相对，手上缠斗，脚下飞踢，招式却少了一般武功的考究。尽管如此，他的膂力还是大得异乎寻常，将禅杖向下一甩，杖头所到之处，岩石伴着巨响纷纷碎裂。

"尽是蛮力！"

"要是吃上一记，怕是能把你天灵盖拍得粉碎！"

"所以才是蛮力，想要取胜，如此牛劲又有何用！"

文和手形疾变，两指伸直，捏的正是剑诀，但见拳光一闪，去势极快，诡谲无影。为问"啊"地叫了一声，急急向后跃去，左臂竟无力地垂落下来，已被点了穴。穴道被封，气脉便无法运转，手臂劲力全失，眼看就将落败。

不想，为问却挺起动弹不得的左臂奋力顶将上去。文和的身躯被这出其不意的一击冲撞得飞了开去，转着圈子缓缓落地。

虽说他在空中便已重整架势，为问此时却已抢上前来，禅杖呼啸而至。

但见文和脸上初现焦躁之色，身子甫一落地，便以闪电之势回转复又跃上半空，全身好似拉满的弓般蓄足了气力，脚跟旋即如利矢般激射而出，随着一声与击木之声绝不相类的闷响，文和以这记凌厉而沉猛的"降龙脚"挡住了为问的禅杖。

"铁杖吗？看你内功羸弱，竟能接住我这一脚，是蒙古鞑子的招式吧。"

或许是对这招甚是得意，文和的声音里满是惊奇。

征伐不止的蒙古人所制的铁器，经过重重改良，轻便又不失坚实。大宋的炼铁技术虽然精湛，但承平日久，自是难以匹敌战火淬炼出的器械。

为问更不答话，禅杖连连刺出。每一击都伴着莫大的劲力，稍有剐蹭便要皮开肉绽，文和虽以间不容发之势躲过，衣服却被杖风带得连连翻滚，早已没了先前的从容，或许是对为问的攻击感到不耐，他拧转身体向后跃开数步。

为问挺起禅杖去阻拦，但文和似已算准了攻势，在对方手臂伸长的瞬间抓住了禅杖，两人随即像角力般互相拉扯着，一时间胶着不下。

"大和尚好俊的功夫，一定小有名头了吧？"

"'孤月无僧'便是贫僧的诨名。"

"嗬，那便是净土教的了？听说贵教门人三千，可有此事？"

"不错，贫僧这身膂力，在其中也是首屈一指的了，区区海贼，想要胜我却是不易！"

"嗯，的确值得夸耀，但你的内力却又差得太远，光靠外功可是有限。"

文和话音未落，为问就一把抛掉了方才固守的禅杖，因为手段过于果决，文和略一迟疑，为问就势躺倒在地，竟将文和的双腿夹在腋下死死扣住，飞起一足直取对手腰间。

由于双足被锁，上身又吃了一击，所以无论内功外功再怎么强劲，也无济于事了。但见文和的身体向后仰倒，一屁股结结实实地坐在了地上，另一头的为问却飞身站起，抬起粗如圆木的腿向着文和的脸横扫过去。

这一腿去势凶猛，足可扫得人头骨碎裂，但就在千钧一发之际，文和拢起双臂，还是接下了这雷霆一击，同时把脚向前一蹬，就着这去势向后滚了几滚，方才站起身来。

两人拉开了距离，随即几乎同时疾驱向前，都欲占得先机。

"两位前辈，请到此为止吧。"

就在此时，一道红色的飙风飞驰而过，挤进了两人中间，两人的动作瞬间停了下来。话音凛然，如刀子般锐利。

来人正是紫苑，她看准文和与为问间距拉大的一瞬，抢身插入中间，一手提剑，一手摆出剑诀，竟毫厘不差地直指两人要害，登时惊得两人冷汗直流。若是反应稍慢一步，此刻怕是已经身负重伤倒地不起了。

"两位本就是为了晚辈的事起了争执，若是把我撇开，却叫人好生为难，无论如何，这里还请罢手吧。"

"所以我才说是愣子啊。"

听了祥缠的话，文和挠了挠乱蓬蓬的头发，随即解除了架势。与此同时，为问也保持着距离，拾起了掉在地上的禅杖。

"啊呀，半斤八两。"

文和的话听起来波澜不惊，却仍掩饰不住懊恼。

"想赢也就罢了，还要赢得好看，你这脾性从习武之初就没变过。"

论武技确是文和为高，但力量和获胜的执念却是为问更胜一筹。这正是明明有过数次良机，文和却没能将他击倒的缘由。

然而方才骁勇善战的为问此刻并无任何喜色，而是紧闭着双眼，似乎在按捺焦躁的情绪。但瞬息便已平复如常。

"不愧是梁大侠高足，贫僧十分佩服。"为问转向紫苑行了一揖，又道：

"还有，正如'烈风神海'所言，贫僧适才的举止确有些鲁莽，话说得急躁了些。若不见怪，还请领我去梁大侠的府上吧。"

"看来气度上也是你输了呢。"

对于祥缠的讥讽，文和只是不快地挠了挠头。

"小女子只是后生晚辈，这话如何承受得起，这就带各位前辈过去，这边请。"

眼见终于可以回家，紫苑松了口气。或许是这个缘故，适才已然淡忘的黯然心绪却又重登心头，愈加汹涌。

一旦想到要从这三人中选取一人，传授绝技，紫苑便懊恼不已。

不过为了遵从师父的嘱托，紫苑还是踏上了通往宅邸的路。

四

招待客人的事，全由恋华主持。此间既无其他家眷族人，也无多余的钱财雇佣奴从婢女，便只能如此了。

洒扫庭除装饰宅子自不必说，就连生火暖屋也不能疏漏。

在这样的季节，这般鹅毛大雪就是连下三天三夜也不足为奇，是以必须时常留意火种，为了祛除体内寒气，还需架起竹炉烧一釜水，置办好点茶的器皿，以便随时取用。顺便再备齐美酒。虽然泰隆绝少提起此物，可也不能因此怠慢了客人。

将酒注入陶壶，放在竹炉①附近，量不宜多。要是一次温得多了，客人可能喝不完，温的次数一多，酒气便会消散，难免糟蹋了上好佳酿。是以即便烦琐，一次也只能温得少量。

就在恋华温酒的时候，斜阳转眼间便已西沉，白昼极短。恋华急忙生火做饭。这也是无须增加人手，只消一个人便能完成的事。

若是手上无事，紫苑也会过来帮忙，但基本上都是恋华一人忙活，紫苑原本就不擅长烹饪膳食。

---

① 竹炉，古时一种外壳为竹编，内部放置小钵，用以盛炭火取暖的用具。——责编注

紫苑方才将客人领了过来，只消看一眼便知，这些大侠各有各的怪癖。

不过话说回来，没点怪癖的大侠却真不多见。泰隆自己也是怪人，他收养了与自己毫无血缘关系的恋华，并将她抚育成人。

恋华原是扬州人，本姓为马，是商贾家中的幺女，虽然家教甚严，但她过去的生活，也算是无忧无虑，衣食不缺。

父母善于经营，生意兴旺，虽获利颇丰，却也懂得节流，同时对必需之物也从不吝啬，是很会理财之人。

恋华至今仍清楚地记得，自己本有二兄二姊，皆是街市上有名的俊男美女，且又为人正派，从未流出过半点艳谈蜚语，对自己很是温柔。

年幼的恋华颇以家人为荣。

直到六岁那年，好端端的日子却戛然而止。

原来是金国的一个大官相中了貌美的姐姐，为了强掳人口，罗织罪名构陷了马家。

彼时恋华刚刚识字，还懵懂无知，只知道某天突然来了个金国的大官，父母和两位哥哥被官兵擒住，因抵死不从，遭了毒手。

两个姐姐也落入奸人之手，为防受辱，只得用藏在身上的匕首双双自尽。两人都刚订了婚，大姐的大婚之日正在十日之后。

唯有恋华在大哥的计谋下得以脱逃，然而家宅则和父母兄长的尸身一并遭到焚毁，她已无家可归。

之后她试图投奔邻州的叔父一家，但毕竟只有六岁，脚力不济，加之记忆模糊，终究还是迷了路，就连原先的街市也回不去了，小小年纪便心知或难逃一死。支撑着她活下去的，是对金国的切齿之恨。

家人横遭屠戮的愤恨与复仇的念头纠缠折磨着她，绝不允许自己一死了之。她早已打定主意必要报此大仇，在这之前无论怎样都要保全性命。

她从田地和摊贩盗取食物，拼命填饱肚子。被人发现后追出老远的事情并非一次两次，反倒是得手的时候少，挨了别人的拳脚无数。饶是如此，恋华仍以家仇为支撑，硬生生地熬了下来。

镇子上和恋华一样的孩童也有不少，不过她从不掠取弱者的口粮。倘若恃强凌弱，便与害死全家的金人没甚差别了。虽然年幼，恋华却在心里暗中守着最后的底线。

而另一边，她对金人下手却毫不容情。

食物自不消说，就连行商小贩的货物也会偷盗，甚至会直接抢夺钱财。

彼时的恋华并不理解金人并非皆为恶人的道理。她甚至觉得，从不欺侮弱者的自己才是个正直的人。

某一日，恋华偷盗被人发觉，东逃西窜，钻入了一辆马车的车厢，因缘际会，再度改变了人生。

车为镖局所有。镖局是保护货物不被山贼强盗袭扰，负责护卫押运的一众镖师的据点，也是武师们最为便利的收入来源。

镖局于商旅安全来说不可或缺，沿途遍布各州各县，其分局处处皆有，不可胜数。

钻入镖局货厢里的恋华困乏已极，很快便沉沉睡去。待到被人发现之时，车队早已远离扬州，抵达了临安府的近郊。

雇佣镖局的商贾乃是金人，他见这个混进货厢的孤儿甚是可怜，便想给她些食物和铜钱，恋华却骂不绝口，将施舍之物一脚踢飞，对赶来拦阻的人张口便咬。因为对方是金人，恋华恨之入骨，一时间暴怒难遏，理性全无。

眼见一片好心却横遭施暴，商贾也无计可施，只得唤人前来把恋华赶走。这时却有人出手救下了她，那人便是紫苑。作为修行的一环，紫苑初次在镖局接到的营生，便是押运恋华藏身的那辆大车。

也不知是巧合还是必然，总之在恋华的记忆里，这便是命中注定的相遇了。不过为侠者多好仗义疏财扶危济困，若是其他武林中人在场，想必也会出手相助的吧。

紫苑毫不吝惜地散去了刚挣得的银子，供恋华吃住用度。

不过被师父收为义女，却另有一番缘故。

当紫苑将无依无靠的恋华带回宅邸后，就连泰隆一开始也不知如何是好，唯有沉默。

恋华当时不仅对金国怀有刻骨之恨，就连对放任金人横行霸道的大宋朝延，也毫无忌惮地咒骂不已。虽然尚在年幼无知莫可奈何，但胆敢詈骂当今圣上，若是被人听了去，也会惹下大祸的吧。大宋以文治立国，崇尚权威，即便是黄口小儿，恐怕也难幸免。

先生陈觉阿尤其反对，只道是收养如此幼子难免招来祸患。

然而，或许是可怜恋华凄惨的身世，泰隆最终还是决定将她收留下来。于是恋华便住在了这八仙岛上。自打离开从小生活的街市，恋华已整整长了一岁，上岛时已是七岁。

刚被收为义女的时候，恋华时常哭泣。一方面是觉阿先生的管教极严，另一方面，自是思念故乡。

父母在世时忙于照顾生意，白天几乎不在家中，平时见面往往是晚膳用毕之后。但两人对所有的孩子都极尽宠爱。

而大哥对众弟妹约束虽严，却从不会无故发怒，性子极其温和。每当恋华乖巧听话或是学习用功之时，大哥就必定会抚头嘉许，还会奖赏她糖吃。恋华对那只宽大温暖的手掌备感留恋。二哥则总爱逗她开心，一双姐姐也生性温婉，没有一处惹人嫌的地方。她俩总是替父母打理家务，空闲时陪她读书玩耍。

上元节全家出去游玩赏灯的情景仍历历在目。彼时尚不解幸福为何物，但这般幸福的日子只是因为手握权柄者自私的欲望，在一日之内便消逝瓦解了！

若不许她流泪，反倒是对其残忍。

后来泰隆经过多方打听，得知害死恋华一家的金国大官乃是金国皇族宗亲，为人最是残暴狂妄，就连完颜一族也对他甚是忌惮，哪知他竟敢跨境闹事。终因残杀了恋华一家而遭到弹劾，被降职迁往东北地域。

这也是理所当然的事情。当时金国南拒大宋、北抗蒙古，已成风雨飘摇之势。

蒙古的铁木真击溃宿敌札木合，早将草原各部纳于麾下，武名远播，声威显赫，在整个草原上驰驱无忌，正是应了那"苍狼转世"的名号。

金人对此极为震恐，稍加想象便知，若铁木真一鼓作气荡平草原，下一个盯上的自然是金国了。

在这种时候，便不该让另一边的宋朝决意反金。如果宋和蒙古分头夹击，金国势必陷于苦战。虽说是皇室宗亲——倒不如说正因为如此，才不能置若罔闻吧。

宋朝素来被轻侮为文弱之邦。但六十年前，仍有四员抗金大将——岳飞、韩世忠、张俊、刘光世征战四方。在山河即将光复之际，当朝宰相秦桧却力主议和，声称捉拿违逆，以"莫须有"三字害死了力主抗战的岳飞，令人扼腕叹息。虽说声势少衰，但也足证只要宋人一旦决心周旋到底，金国必定要吃大亏。所以只得将其左迁以为补救。

但这并不能掩盖恋华的悲伤，她心中的仇恨也从未消弭。

幸而每日与紫苑相伴，恋华便能获得平静的满足。虽然年少，但她的人生也已算得上坎坷多舛。

最近这几日，恋华多次看见紫苑落寞叹息的样子，显然沮丧不堪。她便施展柔情出言相慰，可紫苑仍旧心神恍惚。

恋华想要让她打起精神，决意搓些糯米圆子。这是像白玉饼一样的点心。她坚信相比习武练功，甜品点心更能愉悦身心，只道紫苑见了一定会喜欢。

"祥缠前辈，还请留步！"

远处传来了紫苑张皇的呼唤，紧接着是一连串粗重的脚步声。

恋华心知是客人来了，连忙摆出行礼的架势。

只见祥缠像是没有听见阻拦的声音一般，大踏步闯进后厨。

"祥缠前辈，且留步！师父吩咐过了，请各位在正厅等候！"

"不打紧，置办菜肴便交由我来做吧。"

祥缠并不理会在一旁行礼的恋华，径直往锅内瞧去。

"哦，这做的是海鲜锅巴嘛，味道倒也不坏，卖相却略显砢碜，调味再浓些便更好了。对了，文和赠了我一些鱼干当礼物，倒也和虾子很搭，都一并用进去吧。"

不愧是成名武侠，丝毫不拘礼节，当下就着手整治菜肴了。只见她拿起菜刀，先划了几只鲍鱼，又片了若干乌贼，然后入锅烹熟。

恋华只得行了一揖，两眼却闪闪发光。

"天气甚是寒冷，要不要拌点姜末进去呢？"

"如此一来，虾和鲍的风味便要被掩盖过去了吧？若想再多点滋味，就放些香菇木耳，也能增添口感，主要是容易把肚子吃撑，不过……"

祥缠手上无片刻停滞，嘴角微微一笑，又道："小妮子可真沉得住气呢。换作一般人的话，见自己的地盘被人搅得乱七八糟，脸上早就挂不住了吧。"

"手艺太漂亮了！我觉得可以学上几招。"

"还在学啊？明明有张可爱的脸，却净做些不可爱的事呢。既然那位是徒儿，那你便是义女了吧？就算没有学过武艺，可也还是泰隆的女儿。"

"不敢当。"

"小姐，还是别客套了，快快让她住手吧。要是让客人下厨，待会儿定要挨师父训斥的。"

"怕什么？泰隆以前就最爱尝我的手艺，老夸我煮的菜合口呢。这里面的滋味，便是我那终曲饭店的立店之本了。"

"好像各地都有分店吧。虽然八仙岛是没有，但听说是有名的客栈兼饭馆，在临安、广州、扬州各处都有分号。"

"创始人便是我了，店里的菜品皆是自出心裁。"

"爹爹竟与这么厉害的店老板相熟，怎么不早点告诉我呀。"

"说相熟倒也不假。泰隆不是有个叫欣怡的亲妹子嘛，论起年纪，她只大了我十天，因此跟我甚是投缘，也算是自打出生起就有了交情吧。"

“是欣怡姑姑，我知道！可我从没见过她。”

“泰隆好像已经很久没回故乡了。欣怡这家伙也甚是寂寞孤零，她那女儿应该也长大了，名叫紫釉，你可知道？”

“唔，既然和紫苑姐姐用了一样的字，想必也是个美人吧？”

“这又算哪门子道理。”

虽说相识不久，两人却笑得和亲姐妹一般。这便是恋华的魅力了。紫苑心中既暗暗自豪，不胜怜爱，同时也萌生了些许嫉妒。

“泰隆这人向来是这般神龙见首不见尾的做派。瞧，怎样，先来尝尝味道如何。”

只见碟子里盛放着两人份的菜肴，虽说只有少量，但为了能知其全貌，焦香的饭上还淋了海鲜芡汁，色泽鲜亮，甚是诱人。将菜肴送入口中，只觉得虾和鲍的浓香在唇齿间蔓延开来。即便是对料理无甚讲究的紫苑，也瞪大了眼睛。

“好吃……再也想不出别的话来，就是好吃极啦。”

“没错！诸般滋味竟然毫不冲突，而是和谐地融合在了一起。这便是终曲饭店的味道吗？”

“莫要胡言，这菜不知用了多少上等好料，又是我亲自掌勺，当然比店里卖的滋味更好。”

祥缠说罢挺起了胸，神情得意之极。纤体细腰，颇具女人风韵，和恋华比肩而立，更是魄力非凡。

"那就再治办两三道小菜吧。下酒菜要咸口才好。哟，这不是有糯米圆子吗？"

"我想搓些糯米圆子，只盼着吃些甜食。"

"妙极，这个调味也交由我来做吧。"

"这却怎么使得？祥缠前辈，请去外边歇一歇吧。"

紫苑慌忙拦阻，但祥缠手脚麻利，早已操作停当。

"不必了，帮忙准备杯盘就好，这道菜最要紧的是火候，可别过来碍事。"

见祥缠不容分说地吩咐下去，紫苑便只得依了她。

"紫苑姐姐，你且去陪那两位前辈，这里就交由我吧。"

紫苑有些心神不定，恋华却只觉得十分有趣。

"也是，那两个人该觉得无聊了吧。你去给他们上些茶水吧。"

紫苑心知恋华是出于关照，才将自己赶了出去，于是只得动身去往大厅。恋华安排得十分妥帖，房内已然暖意融融。虽说只需修习内功，尽可抵御寒冷，但能在此处暖暖身子，仍是再好不过的了。

暖室之内，文和与为问神情委顿，并排坐着。两人之间似乎鲜有交流，为问低头合眼，文和则托着腮倚在桌子上。

见紫苑前来，文和嘴一咧，笑道："看样子是被师姐轰出来了吧，她那目中无人的脾气总是改不好。"

紫苑却不知说什么好，只得含含糊糊地应道："不是，她在教小姐做菜。晚辈来给二位奉茶。"

横竖无事可做，紫苑便按祥缠的吩咐先去泡茶。她将茶壶置于茶盘之上，取来热水，温壶烫杯。随后倒去热水，捣碎茶饼，把茶叶放入壶中，将新烧的热水灌到即将溢出壶口，再盖上壶盖，往壶身浇些热水，待时候差不多了，即分茶入杯。

"请慢用。"

紫苑递过茶杯，两人随即喝下，双双吐了口长气。为问脸色如故，口中却缓缓地吟起诗来：

"'寒夜客来茶当酒'①，就是这样的意境吧。"

"是杜耒的诗吧，记得下面几句是'竹炉汤沸火初红。寻常一样窗前月，才有梅花便不同'。"

为问将茶杯捧在胸前，点头道：

"贫僧是个不解诗意的浑人，唯独这句诗不雕琢文字，

① 此诗句出自南宋诗人杜耒（？—1225）《寒夜》一诗。——译者注

读来颇觉爽气，简直就似这茶汤一般。"

"不敢当。"

"我喜欢辞藻华丽的诗，像李太白那样气象宏大，歌咏灯红酒绿，闲适而嬉闹的诗句。"

悠闲的话音刚刚落下，便响起了开门声，同时一记威严的声音传了过来："只怕是借诗之名，想催老夫多喝些酒罢了。"

回头一看，师父泰隆悄无声息地站在了厅中。

为问刚想开口，却被泰隆抬手拦了下来。"你好像一来就和文和交上了手，是吗？"

"没有，就是切磋了一下。"文和若无其事地挠了挠乱蓬蓬的头发。

脸上现出苦笑，同时叹了口气的泰隆，此时眼里流露出怀念之色，心中反倒添了几分欣喜。

"你还是老样子呢，文和。"

"你才是，仍旧怪脾气。"

"说得也是。不过已是这把年纪，就算让我改这癖性，怕是也不成了。"

"连腔调都没变，泰隆啊。不不，该叫师兄才是。"

"事到如今，再改口称什么师弟也着实麻烦，一切照旧吧。"

泰隆那不悦之声尚未落下，恋华已将饭菜端了进来。祥缠仍留在后厨调味，直到菜肴料理毕，她才慢悠悠地走了进来，轻轻地坐到了椅子上。

"师姐，你又在后厨多事了吧？"

"休要啰唣。我既是终曲饭店的大掌柜，叫我瞧见庖厨之事，那是决计没法袖手旁观的。"

"多亏了前辈出手，这些菜肴倍觉美味。"恋华在一旁笑逐颜开，又道，"对了，文和前辈，多谢你的礼物，我立刻拿来和祥缠前辈调制了这些美味的小菜。"

"是，是吗？喜欢便好，下次我再多带些过来就是。"被天真无邪的少女当面致谢，文和竟左支右吾起来。

祥缠见状，用袖子遮住嘴角，看似欲向恋华耳语，却用比平时更响的声音说道："不是早告诉你了吗？这家伙最见不得女人，到现在还对初恋之人念念不忘。只要柔着脸对他笑笑，下回的礼物是决计少不了的。"

"师姐！就算当真如此，你也拣个当事人听不见的地方说吧！"

恋华掩着嘴，全无顾忌地笑到双肩乱颤，口中言道："'烈风神海'的名号听起来怪厉害的，我还以为本尊有多吓人呢。但是文和前辈可真是有趣得很啊。"

见文和羞赧难堪，祥缠毫不留情地出言挖苦道："被十七岁的女娃子说成有趣，就算是'烈风神海'也没辙了吧。"

文和脸上一阵红一阵白，好似要哭出来的样子，却也不甚着恼，想来对这样的言语已经习惯了吧。或许唯有如此方能安心。

泰隆一边听着这傻里傻气的对话，一边在上座正了正身子。"各位远道而来光临鄙舍，老夫不胜感激。"

低沉的声音刚落，底下的笑声便一下子打住了。

"正如各位所见，八仙岛是只产茶叶和海货的荒鄙小岛。虽说有失迎迓，招待不周，不过还请各位开怀畅饮，以消舟车劳顿之苦。"

"梁大侠费心款待，不胜感激，不过贫僧有一事不明，正要请教。"

"为问大师。"泰隆郑重地还了一礼，道，"明日自当奉告，还请见谅。"

"可眼下不是说闲话的时候吧。"

"老夫十年前患了胃疾，起身久了便觉不适。近来更是头痛缠身，一到夜里就发病痉挛。除了早点就寝，也没别的法子了。"

泰隆的脸色确实微微发青，并非天气寒冷，而是血行不畅之故。

"今夜只想叙旧，有事明天再谈吧。"

"梁大侠这等内家高手，尚且胜不了病痛吗？"

为问嘟囔了一声，颇为不满。

"内功终究只是运转经脉增益气力的法门，对疗伤和驻颜虽有功效，但对侵蚀内脏之疾终归无用。"

"习武之人大多偏重修习内功，还是应该像贫僧一样，多多锻炼筋骨才是。"

"大师所言极是。老夫许是太看重修习内功，事到如今却也是回天乏术了。"

听到泰隆言语中似有放弃之意，为问惊道："梁大侠这是服老了吗？"

"彼此彼此。"

泰隆脸上的微笑甚是飘忽，发丝披散在脸上，与灰烬的颜色相类，更添英雄垂暮之感。

祥缠感慨万千，口中呢喃道："一晃十八年了……像这般聚首，已是十八年没有过了。"

吃饭的时候自然没法叼着烟管，祥缠便嚼着乌贼干聊以解闷。和适才在后厨恣意行事的时候大不相同，显得局促了很多。

"祥缠也还是老样子。空有一把年纪，却跟当年与欣怡戏耍的时候一般无二。"

"什么叫和女娃子那会相比'还是老样子'，你还是那么不会夸人呐。"

祥缠惊愕了一瞬，随即苦笑起来。脸颊和眸子中却流露出几分怀旧的神色。

泰隆举起茶杯，口中言道："作为东道，本应鼓琴酤歌聊以助兴，但正如各位所见，鄙舍连我在内就三个人，我这徒儿是一介武人，做不成教坊歌女，小女也没法当奴婢使唤，招待不周，还请见谅。"

"不打紧，只要有美酒佳肴，哪还有什么怨言。"

文和打起头阵，先将竹炉边温着的酒倒入陶杯。为问和祥缠依法自酌，齐齐将杯举起。

泰隆则以茶代酒，举杯还礼，应道："老夫先干为敬。"

如此便算是开宴了。众人依言喝干了杯中之物，随即重新添满，甘美的酒香在席间飘散开来。

"那我就遵照祥缠前辈的吩咐上菜了。"

紫苑先请示了祥缠。这位女中豪杰并不满足于擅自操刀变更菜色，就连上菜的时机和顺序都一一下了指示。

　　首先端上的是一大盆炖鸡，汤中浸着几颗鸡子，不仅是咸淡，就连葱花都撒得恰到好处，不由让人食指大动。文和舀过汤来，混进酒里一饮而尽。紫苑和恋华吃了一惊，面面相觑，心道"竟不知还有这种吃法"。

　　当是美酒佳肴之功，几人相谈甚欢。总是文和说些打趣的话，祥缠在一旁调侃，泰隆训斥几句，只有为问一声不吭埋头吃菜，但只要有人搭话，他倒也毫不回避地作答。

　　见酒水即将告罄，紫苑便退回后厨。明明备得不少，一眨眼便所剩无几。文和把酒当水大口猛灌。为问看似并未痛饮，只是默默地啜着，但酒杯顷刻间便见了底。

　　倒是祥缠喝得不多，着实令人意外。头一杯虽一饮而尽，之后便没怎么喝了。脸颊不曾染上半分红晕，就连菜都没怎么动过。似乎无论是什么佳肴美馔，只要做出来便已心满意足。

　　紫苑将坛子里的酒倒了出来，尽数注入酒壶。此酒经蒸馏提纯，清澈如泉，唤为白酒。虽说是近年新出的酒，但因香气馥郁，口感清冽，瞬间风行开来。现今已然能和绍兴黄酒分庭抗礼了。

　　不过紫苑此前从未饮过一滴，这些全是听来的评价。

　　"紫苑姐姐。"

紫苑正待返回正厅，却被人叫了下来。甫一回身望去，突然被人往嘴里塞进了什么物事。一惊之下，便知是恋华使的恶作剧了。于是不慌不忙地咀嚼起来，齿颊间瞬间洋溢出芝麻的浓香和糍糕的软糯。

"……是圆子啊。"

"刚准备端下一道菜，却看到紫苑姐姐神色疲倦，这甜食是你喜欢的吧。"

确实，甜味渗入口中，四肢百骸一下子畅快起来，出乎意料地振奋精神。

招待客人是桩辛苦差事。前期准备是一刻都不能松懈的，宴席若是久久不散，自己也得奉陪，万一做得不好，师父脸上自然不好看，必须时时紧绷着精神。

虽说师父起初说了那样的话，但身为弟子，也不能让他脸上无光。这与继承绝技一事的不满无关，哪怕不得传授，自己仍是"碧眼飞虎"的单传弟子，紫苑只想以此为荣。

"谢谢你，恋华，腹中似已没那么饿了。"

恋华吐了吐舌头，煞是可爱。

"再加把劲，等宴席散了，这圆子你想吃多少就吃多少。"

"瞧这话说的，倒像恋华才是姐姐一样。"

"好啊，那紫苑姐姐就来我这儿撒个娇咯。"

"谢谢你，恋华。"

两人互相安慰了一会儿，方才放了开来。明明受到宽慰的是紫苑，却连恋华眼角也舒展开来。

"感觉好些了吧，这样就能多卖点力了。"

呼出的白气掠过脸颊，见恋华害羞地缩了缩脖子，于是紫苑便道："真是的，明明是年长的我该振作起来才是，却总是得了你的帮助。"

"我既号称贤内助，自当全力支持紫苑姐姐才行。"

"净说些不着调的话。"

虽是责备，紫苑的言语和神色却甚是轻松喜悦。

这般笑过之后，果然心悦神怡，有了力气。长夜犹漫漫，紫苑振作起来，和恋华一起端菜携酒回到正厅。

刚推开门，阵阵香气即刻传了过去，引得泰隆转过身来，却正是由恋华置办、祥缠掌勺的海鲜锅巴散发出来的浓香。鱼介之属的鲜香极为诱人，刚刚摆上，众人便急急伸箸取食。

"嗬，当真美味至极。鱼虾贝鲍的鲜味调和得浑然一体，加上焦米锅巴的甜香，妙极，妙极！"

"我早说过了吧。"祥缠面露微笑，甚是得意，紫苑不得不服，只有恋华像是为友人立功深感欢喜，笑得烂漫。

　　这般的香气实在诱人，若是事先没吃下那颗圆子，怕是连馋涎都要流淌下来。

　　可是当紫苑给诸人斟酒之时，却发觉文和并未动箸，面前的海鲜锅巴仍旧完好如初。于是便问："文和前辈，怎么了？"

　　"哦，我挨不住烫，不等放凉便没法下口。"

　　"前辈适才将热汤混进酒里，难道也是因为这个？"

　　"被你看去了吗？可真是大意了。莫要误会，我并不是不喜欢这味道，只是想让热汤稍凉些。所以这个也要待会儿再尝了。"

　　"是吗？那这样如何？"

　　只见祥缠缓缓站起身子，步入庭院，将一把刚刚落下的雪抄到手里，紫苑好生不解，暗道"难不成……"，却见祥缠将手一扬，正如自己所想的那样，将雪尽数抖入锅中。

　　"师姐，你这是做什么?！"

　　"做什么？当然是弄凉来着。"

　　"可这下手也忒狠了吧，费了老大工夫做成的好菜不就全糟蹋了？"

　　"有没有糟蹋，你尝一口不就知道了。"

　　文和一怔，皱着眉头将锅巴小心翼翼地往口中送去，随即惊诧地瞪圆了眼睛。

"此处天朗气清，只要是新落之雪便堪使用。若是在京城，却是尘土漫天，根本用不得了。"

"真教人惊掉下巴。不愧是师姐，做菜的手艺真当世上罕有。不过仔细想想，既然连冰窖中都储藏着雪，自然也有这种用法吧。"

"原本就是吃别人做的饭，哪有抱怨的道理。你看看那边的大和尚，只管埋头吃菜，可曾有一句牢骚话吗？"

"贫僧味觉驽钝，远没有到能够品鉴滋味的地步，只能区分出好不好吃，却也识得这些菜肴都是无上的美味。"

口中虽道美味，为问却像是嚼着什么难咽之物般怅然若失。

"喂，和尚不忌酒肉吗？"

"天地万物生来平等，从维持性命的口粮中剔除鱼肉，本就是极度的傲慢和愚蠢。"

"这话却是不错。你这和尚，倒也懂些道理。"

或是对为问的回答深以为然，文和探出身子。

"这是你突然起的头。"

为问虽然态度甚是冷淡，却仍有问必答，看来并非乖僻邪谬之人。

起初不甚对付的两人，在这些热腾腾的美食佳馔面前，也能平静地对话了，本来担心他俩会突然又动起手的紫苑，见此情形，心里的一块石头才算落了地。

"不过泰隆竟当真滴酒不沾了啊。"

文和这话说得既是惊讶又是钦佩，众人的视线随之齐刷刷地投向了泰隆。

"适才老夫便告知，自从染病之后，已将这酒戒了。晚饭前也服了汤药，只是……"泰隆一面捂着胃，一边轻轻点头，"不过今日既是睽违十八年后再度聚首，老夫就舍命陪各位一杯。"

紫苑和恋华慌忙一齐阻拦道："师父，使不得。""正是，若是爹爹再如当年呕出血来却又怎生是好？"

"今日身子并无不适，且让我喝一杯吧。"

恋华将目光投向紫苑，似是求助。一向对人对己都很严格的泰隆忽而如此一意孤行，却是极其少见。

何况呕血是十年前的事了，从那以后泰隆一直摄生不辍，今年入冬以来未曾发病。眼前这几位既是十八载未见的来客，只有主人不喝，的确也说不过去。

紫苑烦恼了半晌，最后也只得叹了口气，听凭师父喝了。桌上的菜肴大半已去，所以并非空腹，想来胃也能承受得住。

"小姐，就听师父的吧。"

"……只喝一杯，万万不能再多了。"

两人对望了一眼，俱都想着"再也不能让他喝了"。

"我这就去温酒，请稍等些时刻。"

"不必了，老夫已备了特调的酒，喝这个吧。"

不知何时，泰隆已悄无声息地在身后的竹炉边放了一壶酒，一摸便知温得恰到好处，似乎是从一开始便有饮酒的打算。看来在适才告知她俩的时候，便已惦记着了。

"真没法子。"

恋华面露难色，手上倒着酒，嘴却噘得老高。

泰隆举起斟满的酒杯，道了声："老夫先干为敬了。"

泰隆掩住嘴角，并未一饮而尽，而是啜饮着这杯中之酒，像是在试尝滋味，又像是在细品什么琼浆玉液。或许只是单纯不想让胃难受。紫苑并不知是什么情由。

"……好酒。"

虽只此一言，却蕴含着无比深厚的感情。

一旁的弟子和女儿却只觉惴惴不安。

当然，若只喝上一杯，未必即刻会显现出什么恶果。十年前，两人仍是孩童，紫苑年仅十三，恋华只有七岁，刚被收养下来。某日泰隆喝得酩酊大醉，突然呕血数升倒地不起，此情此景至今仍历历在目。

幸好当时聘来的先生陈觉阿与其女也在，否则两人便只能号啕大哭，束手无策了。回想起当时的情形，紫苑暗自后悔真不该让师父饮酒。

仔细想来，从那一日起，连习武的内容也有所改变，从一味要求苛刻，转而只求速成，兼修口诀拳理。虽说身体上轻松了些，但整个人倒是愈觉疲惫，不过这一身武技，却因此提前有所精进。

"正是酒气沁入五脏六腑的感觉，全身都热了起来。"

这话听起来甚是心满意足，紫苑许久没见过师父如此畅快，就连允他喝酒的悔意都淡薄了。虽不能否认在绝技一事上仍有些芥蒂，说是补偿自是有些言过其实，但两人间的气氛能略微好转，已是足够宽慰的了。

"紫苑。"

听到一声愉快的招呼，紫苑将头一抬，发觉泰隆正将酒杯对着自己。

"你也来一杯吧。"

"这……"

紫苑登时一惊，连话都讲不出来。这可是头一遭被人劝酒，因此处从不购置酒浆，紫苑生来就未曾沾过这杯中之物。

对她而言，酒可是让泰隆呕血的猛烈毒物，因此欣喜之余却备感惊疑。

虽说只要不滥饮便断无危害，但紫苑甚是犹疑。

"哎，爹爹，我没的喝吗？"

泰隆立时斥道："你还太早了。老夫虽是被发不羁之人，也干不出让小娃子喝酒这等出格的事情！"

"爹爹，我都已经十七啦，就算嫁人都没什么可奇怪的了。"

"那就等你出嫁的时候喝吧。"

恋华噘起嘴来，却也看不出一心想要喝酒，只是在闹着玩吧。泰隆却正色训斥了她，倒让人觉得甚是可笑。

"来吧，紫苑。"

难道师父对绝技一事也有所介怀？又或是故作关心来补偿自己不得继承的懊恼？倘若真是如此，那就却之不恭了。于是紫苑便道："多谢师父。"

紫苑接过酒杯，虽说心下畏怯，却仍旧斟满了酒。但见酒体微浊，有果物的甜香，却甚是辛辣刺激。

这便是酒味吗？另说并非毫无兴趣，但想起师父呕血的样子，紫苑心有余悸。

但事已至此，也不得不喝了，于是紫苑也掩起嘴角，先含了一口，嘴里顿时疼得似火燎一般。

初尝这杜康滋味，紫苑先是一愣，随即将杯中余量灌入喉咙，这回从喉到胃立时烧将起来，连连痉挛。

"嗬，真是豪气，不愧是泰隆的徒儿。"

这样被人夸赞并不值得高兴，紫苑一饮而尽，拭干嘴角，余香缓缓地从鼻中散了出去。

"初尝这佳酿滋味，感觉如何？"

"……弟子还没想明白。"

此物说甘洌是也甘洌，说可口是也可口，说苦却也有些苦味，直教味觉乱作一团。对于这般划地称王的热辣之感，还是叫人不甚适应。虽不觉得难以入口，却也不算是喜欢的滋味，当真是不可思议。

这般物事，世人为何会视若珍宝呢？紫苑想不明白，不过既是师父好不容易赏赐的，最后她仍满怀感激地将杯子递还回去。

"哈哈，真是老实得很。"

泰隆将酒杯放下，依旧拿起了茶杯，灌了口温热的茶水，然后长吁了一口气。紫苑见师父果真守信，刚松了一口气，体内却像是被人放了一把火，霎时间脸颊便热了起来。

"徒儿觉得……就像是初练内功的时候，热血奔腾，气脉汹涌，让人不知所措。"

泰隆眯着眼，点点头道："是啊，喝不惯此物的时候，是会有这样的感觉吧。"

听了这话，为问凝视着杯中之酒，祥缠则润了润嘴唇。

文和刚将海鲜锅巴用毕，恋华便端来了点心，正是蒸好的圆子。趁着上菜的间隙，紫苑给众人添了茶水。

不多时，泰隆已将碗里的点心一扫而空，起身离开座位。"那老夫就先告辞了。"

为问对着泰隆的背影喊道："梁大侠，明日便能相告了吗？"

"那是自然。为问大师，今晚就请好好歇息吧。"

见他转过身去，紫苑慌忙接了一句："师父，我送您去栈桥。"还没等到回应，她便已站起了身子，抓过早已备好的灯笼和雨伞。

祥缠见状调侃道："又不是小娃子了，没必要让人送吧。"

"是我要送师父的，这雪还没有要停的迹象。"

"真是个好徒儿呐。"

祥缠一边呼着白气，一边呵呵地苦笑。

这世上的师徒不应如此吗？紫苑疑惑不已。自从泰隆呕血之后，她便尽量陪侍左右。

到了这个季节，雪轻易是停不了的，今夜怕是也要下上整整一宿。有时虽然下到清早会停，可到了那个时候，四周的地界就会笼罩在浓雾之中。

身陷此等大雾，目力往往难逾数寸之外，即便是武家高手，独走夜路也难免遭遇危险。若走偏道路失足坠落便大事不妙了，自是应当慎重。

远处的八仙楼依稀只能辨得轮廓，在这黑暗之中倒似皮影戏一般。

两人未交一语，只是默默走着。

虽说此处离栈桥也不甚远，但自从泰隆开始在八仙楼过夜之后，紫苑便每日送行，至今已逾五载。一路上少有交流，过去还能听他指点几招武功，但近年来就唯有并肩行走而已。

"你这身衣服，仍旧是那么喜庆。"

因为极少出声，泰隆这话倒让紫苑吃了一惊，登时停住了脚步。

"这衣服……可有什么不妥吗?"

"你又不是女娃子了，喜欢什么颜色，尽管拣来穿便是。"

紫苑眼前当即展开了无比鲜明的光景，只觉得身子宛如时间倒流般缩成孩童大小，抬起头仰望着灰绿色的眼眸，那正是自己刚行过拜师之礼的泰隆，彼时他头发尚未斑白，周身的威势远比现在凶厉得多。

拜过师后，泰隆第一次赐予她的，便是红色的胡服。

"若论行动便捷，胡服是再好不过的了。而且既是红色，无论身在何处，一眼便能瞧见。"

村里的妇人们外加恋华都穿襦裙，自己这身装扮混在其中多少有些惹眼，但挨不住喜欢，所以便一直保持着了。

"便是到了现在的年纪，弟子仍不懂得该怎么打扮。"

紫苑苦笑着继续前行，脚下并无半点声息。

"去跟祥缠学学吧，那家伙往日里就曾为纯红色的衣服太过单调而满口抱怨，哪怕送簪子给她，她也一会儿嫌材质不佳，一会儿嫌雕纹难看，兀自吵个不休。"

女子身着华美的胡服，这在唐时便已蔚然成风。不过这已是三百年前的事了，时至今日，这身打扮的确有些过时。

"我也算是武林中人，万一事态紧急，却因为这身衣服施展不开，只会让师父脸上无光。而且小姐绣的花，我也甚是喜欢，如此再称心不过了。"

"……原是如此。"

"难道师父中意祥缠那样的打扮吗？"

"不，至少桂树不会如此。"

　　紫苑闻言，心中骤然一紧，听到这名字着实大出意料，这正是泰隆的亡妻之名。自己和师娘素未谋面，只是听到觉阿先生提起过几次，从泰隆口中更是绝少听闻，紫苑曾随口问起她是怎样的人，每次泰隆都语焉不详地搪塞过去，也不知是不想说，还是回忆起来便苦楚难堪，他那懊恼的样子至今仍令人记忆犹新。

　　关于师娘，紫苑只知道她生得甚是美丽，却已香消玉殒而已。就连死因也一概不知，不曾听说是病殁或暴亡，或许另有缘由。想到这里，就连师娘一词也在不知不觉间成了禁忌。

　　"……师娘是个什么样的人呢？"

　　紫苑决心既定，一开口便问起这被敷衍已久的事。即使夜幕正浓，也能看见泰隆的皱纹遍布的脸舒缓了不少，这样的表情却是头一次见，紫苑看得出神，连呼吸都忘了。唯有持续的沉默，让人心烦意乱。

　　饶是如此，紫苑仍旧等待着泰隆开口。

　　"开朗倜傥，甚是爱笑，只这些了。"

　　虽只寥寥一语，泰隆却说得明明白白。言毕，又是无穷无尽的沉寂。

　　对于亡妻，泰隆最终便只说了这些，至于"开朗倜傥，甚是爱笑"，其中究竟包含着怎样的感情，唯有全凭想象了。紫苑心中暗忖，一定是与自己有所相似，却又大不相同的人吧。

"送到这里便好。"

紫苑正思绪翩跹之际，却被一个声音硬生生地打断了，回过神来，环顾四周，不由得微微吃惊。

本以为已经行至栈桥，不承想连一半的路都没走完。

未等她出言相询，泰隆便道："今夜寒冷，相比前日更甚了。早些回去暖暖身子吧。"

"可是……"听见泰隆的关怀，紫苑虽然欢喜，却也隐隐有些担心。

酒一落肚，便觉得腹中像是支了一口锅，咕嘟咕嘟地煮着什么东西。气脉运行骤然加速，虽然未觉不适，但也没法任意操纵内息了。

如果师父饮酒也会令气行紊乱，那就得看着他平平安安回到楼中才算放心。或许对内家高手来讲有点杞人忧天，但师父之前呕血的样子，仍令她隐隐担忧。

"既然饮了酒，就怕万一有事。酒气对施展轻功总有些妨碍，请让弟子送到最后吧。"

这轻身功夫便是内功练到极致的一种形态，既然酒劲会冲撞气脉，紫苑的担心是也不无道理。当然，内息运行也绝非这一小杯酒所能搅乱，然而紫苑初次饮酒，自是不解其中分寸。

泰隆的面颊和眼眸显得有些僵硬，紫苑只道师父要出言训斥自己小觑了他的轻功，可他却撇过了头，只是捋着虬髯，神色尴尬，显得有意迁延，却也不知是为了什么。

然后泰隆终于像是死了心，点点头说道："知道了。既然如此，为师便依了你，今天不用这轻身功夫，乘舟回八仙楼去，如何？"

泰隆平日里以轻功往来湖上，只是近年来偶尔也会心血来潮乘舟渡湖。踏浪逐波令人心情愉悦，悠然行走于湖面，则教人心旷神怡。这些理由紫苑已从泰隆口中听到过了。

师父既已让步，紫苑便也没法强求，只说了声"弟子不敢"，随即作了一揖，悄然退下。

"紫苑。"

听闻呼唤，紫苑抬起了头，只见那双灰绿色的眸子动了动，黑暗中仍是精光矍铄。

泰隆把口一张，似乎想说些什么，最终还是苦笑着摇摇头道："没什么。今夜苦寒，千万别冻着了，早点回去睡吧。"

"是，也请师父早些歇息。"

泰隆还了一礼，头也不回地向前去了。借着夜幕和势头正猛的飞雪，霎时便不见了踪影。紫苑拂去了不知何时落在肩头的薄雪，打算沿着来路折回，只走了数步，心下复又涌起一阵忐忑，于是驻足不前，也不知是因为听泰隆竟说了绝少提及的师娘旧事，还是因为临别说的几句关照话。

见师父的举止与平日迥异，紫苑心中甚是不安，却无法付诸言语，只是记挂不已。

紫苑熄了灯笼，返身向栈桥走去。沿着没有足迹的雪道前进，终于在栈桥前追上了师父。

紫苑不想被他察觉，便立在远处查看，只见泰隆往地上轻轻一蹬，身子已跳到半空，竟似被无形的绳索吊了起来。这一跃力道大得出奇，形如猛虎扑食，姿若鹰鹫腾空。

但见他躯体缓缓滑向湖面，换作常人，这脚便该直没入水了，而他只朝着水面轻飘飘地一蹴，便举重若轻地高高地腾了起来。这手轻身功夫，只瞧得人目眩神驰。

泰隆的身躯跃在空中，宛如猛虎插翅一飞冲天，正应了那"碧眼飞虎"之名。但见他转瞬间就跃到了八仙楼前，身子一晃，已然消失在了楼中。

紫苑立时便忘了他破约之事，只觉得自己杞人忧天。自己既是武林中人，便不可能不知道这看似不经意的功夫究竟有何等深湛的修为。

师父当真是厉害之至，紫苑暗自佩服，不由得向湖面行了一礼。

呕血时的泰隆，每日竟似泡在了酒池之中，一直喝到沉沉睡去。更奇的是，明明是忘忧之物，他却越饮越是郁悒，然后又似逃避烦扰一般，每日昏昏沉沉，烂醉如泥。

打那以后，泰隆便滴酒不沾，摄生养性至今不辍。区区一杯酒非但扰不得气脉，就连身法也丝毫不乱。想到此节，紫苑便深知自己远不及师父，暗暗决心日后自当勤修苦练。

而且恋华每日清晨都要携带餐食给泰隆送去，自己却因太过担心而忘了此节。若是明早船不在这边，那便送不过去了。

虽说早已望不见泰隆身影，紫苑还是躬身行了一礼，随后转身离去。

"终于结束啦。"

待收拾停当，恋华也是面露倦色，显是困乏已极。

当祥缠踏进后厨之时，恋华本以为会出错，结果却毫无纰漏，倒是多亏了她的援手。恋华刚松了口气，骤感力倦神疲，打了个大大的哈欠，眼前登时被泪水搅得模糊不清。

客人们已被领进各自房间歇息去了。

或许是长途远行舟车劳顿，少顷，为问和文和鼾声大作，就连走廊上也能听得分明。

眼下只有她们两人，终于可以少了顾忌，紫苑便苦笑着对恋华道："似这般辛苦，还不如习武练功来得轻松呢。"

"难得有客人来嘛，不过我是挨不住困啦。"

忙到最后，便只食了一枚圆子一杯醇酒，再加上为尝滋味而吃了一口的海鲜锅巴。腹中确实饿极，睡意却更为浓烈。

"恋华也累了吗？莫要撑着了，快快歇息去吧。"

话音刚落，恋华纤细的身子便迎了上来，柔若无骨的触感和天真无邪的微笑，似将紫苑积攒的疲倦冲淡了些。

紫苑微微点头，随即又打了个哈欠，看来仍是胜不了睡魔。眼下只想合眼睡去，绝技之事，就留待日后再细想吧。

五

紫苑在周身不适中骤然醒来，只觉浑身湿漉漉的，汗味甚是浓烈，困倦和疲惫似有千钧之重，仿佛被看不见的巨掌压垮了一般。嘴边又酸又苦，不知何时竟吐了一身，被褥上已然沾上了污物，幸而活动无碍。她惊惶地转向侧边，瞧见恋华仍在梦中，睡得甚是安稳。

天色犹自晦暗未明。

在恋华起床之前，须得把这些收拾干净才行。若被她瞧见了这般模样，定然又要担心了。

正欲从卧榻起身，头上猛然传来一阵经脉寸断的剧痛。

紫苑忍不住呻吟了一声，这一声竟震得头顶微微发颤，虽是出自自己口中，此刻却像耳边锣鼓齐鸣一般。

锣鼓齐鸣般的疼痛——紫苑陡然惊觉，这是余醒之状吗？

和村里的男人们说起过的症状完全相同。这般不适正是因为酒的缘故。

既知晓了缘由，便不再害怕了。听闻只消喝一些水，过几个时辰自可平复。

紫苑艰难地从卧榻上爬起身来，脚下兀自摇晃不定。她沿着墙壁走了出去，冒着彻骨奇寒出了院子，千辛万苦挨到井边。此刻大雪虽已经止歇，但雾气使诸般风景颜色尽消。

只觉得脚底疼痛锥心，周身冷到没了知觉。

——好冷。

不，倒也不能说冷，只是稍稍凭风而立，身子便抗拒移动，瑟瑟发抖，此时一旦蹲下身去，怕是再也站不起来了。

紫苑只穿着轻薄的睡衣进了院子，饶是如此，昨日仍觉无碍，为何偏偏今日却冷成这样？紫苑茫然不解，姑且先用即将成冰的井水漱口濯面。平日里只需如法炮制便能清醒过

来，今日却只觉身躯无比沉重。就在她再也支撑不住，终于
小跑起来的时候，赫然望见一连串足迹从自己脚底延伸出去。

紫苑骤觉古怪。没错，这正是自己的脚印，可又是从哪
来的呢？

一直无意识施展的"踏雪无痕"，此刻却完全失去了
效用。

略一凝神，便知内力已然散得干干净净。非但如此，就
连重新练功聚气，似乎也做不到了。

紫苑惊骇莫名，一时间竟忘了这彻骨严寒。

这般诡异的情形，之前从来不曾有过。

一时间丧魂失魄，紫苑情不自禁呆立原地。但毕竟久经
锻炼，终于还是靠着理性和本能清醒过来，是遭了某人的毒
手，还是中了奸计呢……可是自己性命尚在。

无论如何此刻都得先奔回屋子。因为先前是裸足出门，
这下就连地板都踩满了泥水。紫苑慌慌张张地奔进后厨，抓
过抹布将脚底乱抹了一通。

真不该喝那杯酒。虽说是师父劝的，但此刻居然内力全
失，对于习武之人而言，实是绝不该有的失态。

倘若现在遭人袭击，以擒拿手法料理几个不会功夫的外
行倒也堪用，可一旦遇上高手，定是要一败涂地了。

　　紫苑只觉心中突突乱跳，不可思议的状况接踵而至，心中起了滔天巨浪，早已乱作一团。

　　到了这般田地，不如先做些趁手的事情，只消让手一动，心绪自会宁静下来。

　　于是她先用桶打了水，搬到屋内，将污物洗濯干净，直到十指和掌心都浸满了寒意。

　　不知不觉间，天色已微微泛白。

　　正当紫苑忙着整理装束的时候，猛然想起了适才的汗味，于是便解开衣服擦拭身体。如今内力已失，自己正如不着片缕般底气全无。

　　毫无赘肉的紧致躯体上，从左胸到右腰，刻着一道长长的伤疤，好似在精美的图画上乱泼的墨迹一般。

　　那是因为恋华曾差点被人拐走。

　　彼时恋华刚被收为义女，除去紫苑便举目无亲，一心想回扬州故土，时常伤心哭泣。

　　为了宽慰小女孩，紫苑便领着她在上元节赏灯游乐，不料恋华竟在眼前被人贩子拐了去。

　　紫苑急忙提步跟上，用尽手段方才追及，她先出其不意挺剑刺死一人，又施展绝户手抓死一个丢魂丧胆的同伙，正杀得顺手，岂料最后一人举刀架在恋华颈间，紫苑只得止住了攻势。

贼人呵斥紫苑放下长剑，随即看准紫苑长剑脱手，反转刀口直斫下去。

紫苑只觉身上一阵火燎般的剧痛，鲜血登时在地上溅了数道，宛如挥毫写就的墨字一般，周身尽是血腥气。

全身碎裂般的疼痛向年幼的紫苑席卷而来。那贼子杀得兴起，嘴角狰狞地歪曲着，紫苑瞧在眼里，使尽最后的力气，霎时间一跃而起。

虽因重伤，身法比平日里迟滞了些。饶是如此，挥刀的贼子也一时未能做出反应。

值此关头便只能放手一搏了。彼时紫苑尚且年幼，并未想到此节。但兵刃既失，加之体格悬殊，这一下竟成了破釜沉舟的奇袭。日日苦练的武功此刻立生奇效，只要神志不失，无论处境如何险恶，都不至束手就擒。也亏得如此磨炼，即便在此剧痛之下仍能做出这超越极限的动作。

就在那贼子再度举刀欲砍之时，紫苑却早了一步戳中贼子心口，贼子为内力所击，单刀登时落地，抓着恋华的手也松脱开来。紫苑一边忍着入骨之痛，一边凝聚行将消散的残余气力，拾起了地上的刀。

贼子被点了穴，血气凝滞，身子早已动弹不得，只能看着浑身鲜血的紫苑缓缓将刀挥落。见那贼子头骨劈裂气绝而亡，紫苑眼前一黑，对之后的事便再也没了记忆。

待到悠悠醒转之际，只看到恋华在近侧号啕大哭，泰隆也板着脸立在一旁。原来紫苑已接连昏睡了三天，此时正值第四日的清晨，高烧仍未退去，就在精通岐黄之术的泰隆都已打算放弃之时，紫苑的眼睛却微微张了开来。

视野虽蒙眬不清，那双灰绿色的眸子却清清楚楚，师父严厉的目光正紧紧盯着自己。

紫苑只道他是要出言斥责，虽然嗓子奇渴，嘴唇干裂，却还是勉强出声道："弟子无能，让小姐身涉险境，实在对不起师父。"

泰隆那双眼睛猛然睁得滚圆，像是咬紧牙关一般，脸颊微微抽搐。

虽然无法动弹，紫苑却还是做好了挨骂的准备。

"你这愣子。"泰隆却并未怒斥，只是从嘴里勉强挤出一丝声音。

或是心念动摇，抑或是视野簸荡之故，紫苑只觉得泰隆垂在膝边的手正在颤抖。当时的记忆甚是模糊，只记得恋华一边大哭一边连声道歉。原来她是误认了她那遭人害死的兄长的背影，在追赶时被贼人掳走。

紫苑直至伤愈，都由恋华悉心照料。师父的爱女贴身服侍，让尚且年幼的她颇觉惶恐。

此番能捡回一条性命，全赖往日苦练外功，体力早已远胜常人，哪怕上身挨了一记斜斩仍不至丧命。平日疏于内功只练筋骨，值此生死之际倒是大有裨益。幸而泰隆又熟谙古今医学精要，早将创口缝合，日日涤尽脓血，又以汤药退热，培本固元。

然而历经此事，紫苑失却了外功。或许是上身筋肉撕裂之故，再也无法使力了。原本就是命悬一线的重创，损失功力也不足为奇。

此后无论怎生勤修苦练，体力和膂力只与寻常女子相去不远，这对习武之人来说已是无法可救，因此紫苑从此便不再修习外功。而今想来，这是以伴随一生的伤痛和一身外家功夫换来了一条性命。

从那以后，紫苑便逐渐转向修习内功，但欲骤变也不可得，就如弹筝的好手并不见得会弹琵琶一样。

原本内外功夫犹如阴阳两仪，阴阳合抱既同且异。阴极转阳，阳极化阴，若只修炼一端，难免阴阳失调，武功不纯。

饶是内家高手泰隆，也从未轻忽外功。若非如此，岂能在如此高龄犹能施展这狮搏虎斗之法。

虽是阴阳不调，紫苑仍是拼命修炼内功。也正是从那时起，她开始遵泰隆之命熟读诗书研习兵法。幼小的心里每每怀着惧意，唯恐修为不逮被逐出师门。

幸而泰隆每日悉心指教，已将本门内功心法尽数授予了她。同时为了弥补失却的外功，紫苑也兼修了以弱驭强、破敌制胜的擒拿法。

为了不让人一眼勘破自己是内家高手，在修习的同时还需掌握隐蔽内息的法门。修得内力再将其潜藏，为了让这道行相悖的秘法功德圆满，按理需十数载寒暑之功。

师徒两人的武功路数分道扬镳已是必然之局。若想如泰隆那样，以刚猛无比的武功从正面压服对手的力量，紫苑已是望尘莫及了。

紫苑对此并无懊悔。当时倘若恋华有什么闪失，自己必将抱憾终生。

紫苑正自左思右想之际，已将全身揩拭干净了。刺骨严寒早已驱散了睡意。她又换了一身干净衣服，将耳侧的头发分编成两束三股辫，便算是收拾好了。

就在这时，另一卧榻上瘦小的身体忽地动了一下，随着连声呵欠，又蠕动辗转了一阵，恋华微微睁开了眼。

"早啊，恋华。"

招呼了一声，便见恋华的双颊松弛下来，兀自半梦半醒。

"早呀，紫苑姐姐？"

这寒暄的语尾已然带了几分惊讶。

"你脸色怎么如此不好？"

见一眼便被她瞧破，紫苑一脸苦笑，未及遮掩，恋华的手已触及了她的手背和脸颊，精巧的眉间满是不安。

"好冷啊，比刚起床的我还冷呢。"

"刚才洗了些衣裳罢了。"

"怎会冷成这样？为何不烧些热水呢？"

"……要是动静大了，会把客人们吵醒的。"

"为何一大早便去洗衣？"

见她如此敏锐，紫苑自是无言以对。恋华见状又道："说吧，紫苑姐姐，到底是怎么回事，不然这圆子便一枚都不许你吃了。"

话虽讲得可爱，脸上却甚是认真。若随口扯个谎蒙混过去，势必会惹恼了她。紫苑无可奈何，便只得道出了今早的事。

"就是身子不大舒服，呕了些酸水出来。"

这话听得恋华吃惊不小，未及开口，紫苑便伸出食指碰了碰朱唇，示意她莫要作声。

"不过不打紧了。稍微活动下身子，早已好了大半。"

"紫苑姐姐，既然如此，何不喊我起来呢？我可以帮你的呀！"

"那会儿突然作声不得，就连挪动身子都费了好些工夫。"

"当真没事了吗？"

恋华触碰到紫苑的脸，神情甚是不安，紫苑心中一荡。只听得恋华颤声说道："紫苑姐姐总是胡来，当时受了多重的伤，你都忘记了吗？"

"这事都过去几年了呢。"

"就在爹爹呕血后不久，你可曾知道，那时我刚来此间，都担心成什么样了？"

"说来也是，那个时候恋华的模样，当真是惹人怜爱呢。"

"紫苑姐姐！"

紫苑笑着安慰道："对不起，恋华。当真不打紧了。喂，你得快些去准备早膳呀，一会儿还得给师父送去。这些可都是你的活计。"

恋华素来睡相不好，紫苑便取来梳子替她梳齐了头发。握着柔软的青丝，便想一直轻抚下去，却仍按捺住了不舍之意，只用布饰简单整理了一下。

恋华对这番打扮甚为中意，情绪似也平复了几分，便道："知道了。看起来也无大碍，我便不多问了。不过若是当真不适，务必说给我听。"

旭日初升，早晨总算是开始了。

六

恋华转身去了大厅，燃起竹炉烧滚了水。此时紫苑已动身前去唤醒客人了。

在客房外告知天已大亮，待客人一一回应后，恋华便去了后厨。

两人顾虑泰隆的身体，决定早上煮些粥吃，恋华即刻将余下的干鲍拌上作料一同煮了，按人数分好后，像往常一样将其中一份放在木托盘之上，向着八仙楼去了。

紫苑便趁着空隙草草用毕了早膳，渗进汤汁的浓厚的海之滋味，倒让人在这一日伊始便有了几分奢侈之感。

为问先到了厅中，约莫一盏茶工夫，文和、祥缠也一同现身。但见文和睡眼惺忪，祥缠却早已打扮停当，穿戴得整整齐齐，一丝不苟。

两边行礼过后，为问忽将粗眉往上一挑，问道："脸色怎么如此不好？"

"哦哦，正是，比昨日差了许多。"

紫苑遂略去了呕吐的事情，简要叙说了经过。

"现只觉昏昏沉沉，想是因为饮了些酒，着了传闻的余醒之症吧。"

却见文和毫不客气地呵呵笑道："莫要说笑。小丫头不过喝了一杯吧，这点酒又岂能令人有余醒之症？你得敞开了肚皮多喝些才是。"

对于自己的无知，紫苑只愧得面颊火热，忙道："是吗？那就愈发古怪了，身子如此乏力究竟是何缘故？"

"唔，毕竟体质有别，倒也不能一概而论……"文和挠了挠蓬乱的头发，声音忽而没了气势。

"是了，若是初次饮酒，是也可能如此。特别是昨天这酒的力道，当真厉害。"

"女侠这是劳累过度了吧？昨日贫僧承蒙款待，实不敢当。若是累着了身子，再去稍歇片刻如何？"

"如此说来，光顾我们饭店的客人，倒确实有一杯半杯就醉得东倒西歪的无用之辈，只是……"祥缠点起烟管深吸一口，又道，"小妮子只是单纯染了风寒吧。"信口说完这句话，一口烟气随之吐将出来。

紫苑深以为然。自己本已为了传授绝技的事情郁郁不乐，加之寒冷困乏，又饮了些酒，所以身体便遭不住了吧。虽说对于失却内力还是有些难以释怀，不过往日患病发热之时，功力总会有所减损，或许正是如此。

不管怎样，眼下虽倦意未消，行走却已无碍，这倒与热症有几分相似，想来不多久即能平复如初。紫苑不愿多想，有意让心放宽，便依照预定向众人告知道："师父嘱咐过了，请各位用毕早膳就动身前往八仙楼。"

见众人一齐点了点头，紫苑便呈上了和泰隆同样的鲜粥，文和的那份已事先放凉了。

祥缠吃了一口，神情颇为满意，点点头道："手艺真当不错，都可以去我店里当厨子了。"

"这话若当面对小姐说了，她定会万分高兴的。"

"小妮子不会做饭吗?"

"我就只会武功。"

"虽说女子倒也不是非得做饭，但要是每日都能吃些适口的美食，便不枉此生了。"

不知为何，这话听来竟让人没法置若罔闻。紫苑真心想修习这烹菜的手艺。而且一边听恋华指教一边双双下厨，想来也是一桩美事。

"你这泡茶的手法倒也还成，要是不满足在家里做这些粗活，两人就搭伙开个小铺子吧。不过烹制菜肴和打理店铺，却是两档子事了。"

"……师姐竟会夸奖别人，真当少见。"

"我可是肩负着终曲饭店的招牌，关于饮食之事，断然不会说笑。"

不多时，三人便已将粥吃得一点不剩，就连为问手上的箸也动得飞快，此刻早已用起了茶。

趁此三人在此悠闲无事，紫苑便赶去各人房间收拾被褥。虽说此番身体抱恙，这活做着也很吃力，但活动筋骨之后，只觉得身体变得温暖起来，满身的疲惫也稍稍缓和了些。

至于打扫屋子就没必要了，三人的客房都整洁如新。祥缠更是把床榻上的被子拾掇得整整齐齐，足见涵养之正。

紫苑出于慎重，又查看了眼竹炉是否还有余火，此时所有房间已收拾停当，全无用过的迹象。

"呀，好冷好冷。"

就在紫苑返身回到大厅时，传来了一阵噔噔的疾步声。

门一打开，却见恋华铁青着脸飞奔进来，虽说当着客人的面有些失礼，但她还是挡在了竹炉跟前，把木托盘一放，就近烤起火来，像是在晾着湿衣裳下摆。

"这几日的雪怎么恁地没完没了？都快没到我的膝盖了。"

恋华抖得似筛糠一般，眼见她的脸颊逐渐舒缓下来时，紫苑却瞥见那碗粥仍旧原封不动地放在托盘上。

"小姐，怎么了？师父没用这粥吗？"

既是当着众人的面，紫苑便恭恭敬敬问了。但见恋华把头微微一偏，道："去不成啦，小船停在对岸。"

"……船在八仙楼的栈桥上？"

"是呀。我过不得湖，就只能折回来了。"

"这倒奇了。"

昨晚定下坐船之约的泰隆，却施展轻功过了湖，皆是自己亲眼所见，断无记错之理。

即便如此，也找不出恋华说谎的理由。

"明白了，那就由我来送吧。"

紫苑一时忘了内力未复，已将木托盘拿在手中。粥早已凉透，不过八仙楼内置有火盆，倒也无甚大碍，只消重新加热便堪入口，多年以来都是这么做的。原本这粥中之米比起呈给文和他们的，就要煮得稍微生些。

"那正好，既已吃饱喝足，我也同去。"

"贫僧也去。"

"那我也一起去吧。"

大侠们纷纷站了起来。

紫苑暗想反正早晚要见，此番同去倒也无妨，当下也不拦阻，负了剑出门。泰隆有时会像前日一般突然拆起招来，常会使用兵刃，这剑便是为此而备的了。

四人伴着沙沙的踏雪声，径往栈桥走去。

眼见天已大晴，浓雾却迟迟不散，远处的八仙楼仅能隐隐窥得轮廓，与昨晚所见并无二致。

往脚下看了一眼，往返的足迹想来便是恋华的了，多出来的一道乃是出自为问。

或是性急之故，为问一马当先，祥缠和文和则施展起"踏雪无痕"的功夫紧随其后。来去只此一条道路，倒也不怕迷了方向，但本该引路的紫苑却落在最后。如此刚好不怕被人瞧去，紫苑不由得苦笑起来。为了不让人窥破自己轻功已失，便踩在为问留下的足迹上行进。

无论对方是谁，都万万大意不得。这也出自泰隆的教诲。

四下目不见物，行至距离湖面只剩十余步的地方，方才望见小船正系在八仙楼前的栈桥上。

"船果真在对面，这又是什么缘故？昨晚送别师父之时，看他施展轻功渡湖，我亲眼瞧见这船就系在此间，怎会跑到八仙楼那头去了？”

紫苑道出了其中疑点。

“此话当真？”

“千真万确。其实昨日送到半途，师父已命我折返。但我既知他喝了酒，终归放心不下，便暗中跟随在后，眼见师父是用轻功回了八仙楼，决计不错的。”

“那便是泰隆又使轻功折回，之后驾船去了八仙楼吧。”

“师父有时心血来潮也会使船，要说绝对不会倒也未必……”

可紫苑左思右想，都想不出师父半夜往来湖中所为何事。师父向来只住在这八仙楼上，至今从不回屋就寝。

但路上只有恋华的足印，由他人操船渡湖似也不太可能。

虽说状况有异，但不管怎样，只要到了对岸定能释疑。

“话说回来，泰隆这家伙的功力似乎并未衰减，师姐啊，光凭轻身功夫真的能越过这片湖面吗？”

“人就是仗着会使各种器物才得以活命，现今有船不用，不是愣子又是什么。”

“那边的大和尚，光是听着就觉得傻气吧。”

为问不发一语，只是点了点头。他似乎偏重外家功夫强健筋骨。虽说对武侠而言，内外兼修自是明智之举，但各门各派的内外各有侧重，所修功法亦大不相同。

"这又该如何是好？"

一行人抵达栈桥，应是被湖面的寒气所侵，就连祥缠也在微微颤抖。

"总不能泅水过去吧？"

若是身子无恙，自己施展轻功渡湖，设法将小船划回来自是最为便捷，可眼下却做不到了。

紫苑正待明言渡湖另有他法，却见文和的嘴角向上一扬，问道："看来是把绳环套在桩上，然后再将船系住吧？"

"不错，为的是让小姐哪怕气力不继也堪使用。"

"那就瞧我的吧。"

但见他慢悠悠地取出一支钓竿，像是检视钓丝般轻轻抚了几下，然后捏起剑诀，将内力缓缓注入丝中。

师父内功深湛，文和却也不弱。可无论注入多少内力，光凭这钓竿又能有何作为？这钓丝通体白色，自非麻线，难道竟是蚕丝？

文和应是察觉到众人的视线，傲然地将竿子往上一举："这钓丝是用蒙古上等羊毛结成，伸缩自如，韧力异常，只需用上内力便轻易拉扯不断，所以这样的事也能做得。瞧好了！"

只见他把钓竿一挥，线绳延展开来，便飞了出去，一下子便陡然伸长了三倍，当真不可思议。一眨眼的工夫，线头上的鱼钩就挂住了木桩上的绳环，轻轻地将其摘了下来。

文和见已得手，便将钓丝往回一抽，鱼钩早已勾住船体，将小船缓缓拽向这边。

从此处的栈桥距八仙楼一侧的栈桥约莫有五十余丈，这随手一掷竟毫厘不差地钩中绳圈，并以内力牵动鱼线，令其骤长三倍而不断，世上能够信手做成此等荒谬悖理之事的，便只有行走江湖的武林高手了。

"竟连船也能钓来，真教人佩服！"

"要是每日都在船上吃住，这手段你也使得。"

言辞虽然谦逊，口气却甚是得意。不多时，钓丝却已支撑不住，啪地断成两截。文和脸颊一抽，神情大为尴尬。

"不好，到底还是太远，终是勉强。"

失去内力牵动的羊毛钓丝骤然缩了回去，没入浓雾之中。小船行至原本距离的三分之二处便停了下来。

"这又该如何是好？"

祥缠的口中混着烟气，将刚才的言语又重复了一遍。单听这话，也不好分辨究竟是讥嘲还是惊讶。

"这点距离切莫担心……嘿！"

但见文和长啸一声，已然高高跃在半空。

虽然这一跳已是常人难及的高度，但相比泰隆则犹有不及，去势怕是稍欠。果不其然，这一跃离船仍有丈许，身子眼看就要坠入湖中。

"喝！"

然而文和将脚往湖面一蹬，再度腾了起来，勉强就势跃上了船。

但见他渐渐神色如常的脸上现出苦笑。

"好险好险，当真好险！差点就栽进去了。不过我这点道行可算露了底喽，这区区轻功相比泰隆，简直就是儿戏了。"

"和泰隆比？什么傻话。光凭轻功越过数十丈的水面，偌大的江湖，怕也找不出几人吧。"

紫苑闻言微微一惊，便道："此话当真？我还道是只要习武之人，都能在这么远的水上纵来纵去。"

"如此说来，苍女侠的轻功可以越过这湖面吗？"

"可以，能越过去。"

这次轮到为问等人面露讶异之色。虽说此刻身子不适，内力全失，不过紫苑自己原是凭借这手轻功往来湖面的。

从祥缠适才的言语和为问的反应来看，自己的轻功放眼江湖也是数一数二的了。

紫苑从未和其他门派切磋讨教，是以全然不知。难不成自己的实力早已臻一流高手之境了吗？

想到此节，紫苑慌忙摇了摇头，只道是有此念头，必将滋长傲气。她想起昨日文和与为问的私斗，虽说为问武功修为明显逊于文和，但凭着执念和气势，最后竟让轻侮他的文和大为受挫。是以最大的敌手，便是自己的傲慢与怠惰了。

"小丫头是不是太张扬了？我这点微末功夫岂不成班门弄斧了嘛。"

文和的苦笑打断了紫苑的思绪，见众人已纷纷登船，便仍跟在最后。

文和手握船桨，脸上忽现俏皮之色，道了声："各位，须要抓紧了。"

未及众人回应，文和便抬足往桨上一蹬，小船便像离弦之箭般冲了出去，劈开浓雾弥漫的水面，转瞬间便穿过湖面。

"我这'烈风神海'的诨名便是这么来的，管你轻舟巨舨，只要经了我手，便都成了踏浪快船。"

祥缠即刻打断了他的话头："休要胡闹，想冻死我吗！瞧瞧，衣裳都打湿了。这把年纪竟还如此顽劣，当真歪缠不清。"

"师姐何必如此刻薄？我只是吓你们一吓，聊以助兴罢了。"

"因这点风浪就吓倒的人，可不在这条船上。"为问的声音里并无丝毫畏怯。

"说来你这人在打算捣鬼的时候，只消望一眼便知。我早已有防备了。"

"哼，无趣！"

望着一边怄气，一边给扯断的钓丝重新穿上鱼钩的文和，紫苑只能苦笑。这般为老不尊的长辈，自己也是头一遭见到。

到了对岸，紫苑姑且仍把船重新套在栈桥上，前去推开了八仙楼的门。门上并未装锁，这楼原本就建在湖心，自然用不上此物。

"嗬，当真气派！"

门刚被推开，偌大的道场里便回响着赞叹的声音。

厅内铺着地板，并无一根立柱。虽是八角楼，内部却装修得浑圆无棱，约莫能容纳二十人，甚是宽广。甚至能和京城知名的道场规模相当。

壁上挂着诸般兵刃。

有唐时风行一时、刀身至刀柄连成一道直线的环首刀，有刀身三尺有余，被认为是抱憾而死的名将岳武穆也曾使过的斩马刀。

有按长剑形状铸成的精钢八角钢鞭，有矛身笔直、矛头锐不可当的长柄尖矛，有枪尖和枪柄浑然一体的铁杆枪，又有能与胡人铁骑相抗的长柄巨刃——青龙偃月刀，等等。

强弓利箭之属自也齐备，倒颇有些军械库的意味。也不知是因为寒冷，还是演武场的气氛使然，比起凶险，却更有凛然不可侵犯之感。

应当是尽可能让室内宽敞些，阶梯沿壁而建。众人拾级登上二楼，文和接连赞道："每样兵刃看着都像用过的。小丫头，难不成你每样都精通吗？"

"大都会使，但只有剑算是比较熟稔，因为师父也擅使剑。"

之所以自露家底，倒也不是信任这些大侠，而是他们必不会被这些不甚高明的谎话或伎俩所蒙蔽。何况只消望一眼手上的重茧，便立时可知她使的是何种兵刃，并非这等小谋小略所能应付得了。

紫苑并不觉得出其不意暗算奇袭有悖道义。她甚至觉得这也是制敌之道，在非赢不可的当口，便该毫不犹豫地施以奇招或谋略。正是因为修习兵法，让紫苑不必空守必须堂堂正正取胜的教条。不过就习武之人而言，此道是否合乎规矩，便不得而知了。

何况真到了不得不与这三人一决生死之时，自是只能拼尽全力。想到此节，虚张声势也就很有必要了。

楼梯顶上不远处便是一扇门扉，紫苑在此停住了脚步。

"这便是师父的书斋兼就寝之处，平日里他常待在此处，处理些杂务兼饮食起居。"

泰隆只在中午和傍晚现身宅邸，其余时间不是指导紫苑练功，便是调配草药，或是写些文书。数年前还会去邻近的村里问诊，但近几年已不再去了。

"师父，弟子给您请安。"

紫苑朝室内喊了一声，里面却全无回应。又连呼数次，仍是寂然无声。

紫苑心中暗自诧异，难不成师父此时仍未起床？

"梁大侠，你醒了吗？"

为问耐不住性子吆喝了一声，虽说这声音大得出奇，房间里却仍无声无息。

"泰隆！别作弄人啦！这粥都凉透了！要是见你糟蹋了美食，师姐又该发脾气喽！"

"师父，那我便自行开门了，请勿怪罪。"

见仍等不到回应，紫苑便下定了决心。

"三位，请在此稍候片刻。"

她嘴上说着，身子已闪进了房间。刚掩上门，便敏锐地觉察到了险恶的气氛，室内气息沉滞，甚是异样，四下弥漫着一股怪味，甜香氤氲，却让胸口感到无比闷塞。

迎头刮来一阵寒风，窗户似乎敞着，火盆也熄灭了，室内寒气逼人。此时内力既失，更觉寒意砭骨。

紫苑望见房间中央有一个盘膝而坐的人影，但见那人微俯着头，虽说看不清面容，但定然是泰隆了。

紫苑问了声："师父?"可那头寂然无声。这既非冥想，也非打坐练功，却更不似昏睡未醒。

"师父，您……"

紫苑又唤了一次，声音莫名有些僵硬。这并非发自理性，而是本能地觉察出了异样。

不知何故令她如此心神不宁。

眼见泰隆表情如常，甚是庄严，两眼紧闭，身子一动不动。

"师父，莫开玩笑了，还是说弟子有甚礼数不周?"

紫苑一边发问，一边将木托盘随手放在身旁。就在这时，脚尖忽地触到了某物。

那是一只唤作"耳杯"的椭圆酒器，两侧有耳，状似禽鸟的双翼，里面似有什么东西淌了出来。

　　顺势向上看去，只见泰隆的单手微张，像是掉落了酒杯，只是僵硬不动。视线又往上移了尺许，望见他嘴角挂着一道发黑之物，早已粘在了脸上。

　　是血迹。

　　紫苑起初只道是昨夜的酒果然有害，以后无论师父怎么唠叨，都决计不能让他喝了。

　　想到这些，恶寒般的不适便在全身游走不休。师父这盘膝而坐，俯身低头，嘴角流血，一动不动的模样，难不成，难不成……

　　"师父!"

　　紫苑冲到跟前，摸向了泰隆的身体，只觉指尖冰冷难耐，手掌像是触雷般弹了开来。

　　"师父，师父，请回话，师父!"

　　紫苑本想疾声大呼，却像是被人扼住了咽喉，只能挤出喘息般的细语。

　　"师父，你莫要开玩笑了，弟子当真笑不出来。"

　　紫苑暗暗叫苦，只道果然是饮酒之祸，师父呕血至此，自己内力全失，就连轻功也无法施展，皆是这酒浆之过，从此切不可让师父再沾一滴了。

紫苑在心底这般不住呐喊，只盼着这些事情全是幻象。

"师父！师父！"

"怎么了，小丫头？"

文和抢身跃了进来。紫苑毫不理会，只是继续唤着泰隆。

"师父！快醒醒！"

"喂……这究竟怎么回事？"

就连文和的话音也微微发颤，像是再也抑制不住惊诧。

"怎么了？"

"泰隆在里面吗？"

两人先是靠过来直言相询，接着又是两下倒抽凉气的声音，后面便再也没了声响。

望着眼前已然断气的泰隆，四人只能束手无策地僵在原地。

"师父他……去世了……"

紫苑决定性的一言，令气氛骤然炸裂开来。

"胡说！为什么！梁大侠怎么会死！"

为问愤怒异常，全身发抖，倒像是莫名被人打了一拳。一旁的文和与祥缠连话都说不出，只是死死地盯着泰隆。

"让开！"

祥缠忽若大梦初醒，上前一把推开紫苑，抓住了泰隆的手腕。看这架势是在诊脉，但不多时便摇了摇头，发饰随之叮当作响。

"师姐，当真救不得了？"

祥缠并未回应，虽不言语，但沉默中却有万般痛楚。

紫苑双膝一软，跪了下去，就似脚下失去知觉一般。就在此时，她看见了方才被自己踢飞的杯子，更觉心惊肉跳。

泰隆昨晚虽难得饮了些酒，但因患病之故，平日里连一滴酒都不沾。而此时脱手的杯中却散发着酒味，甜香气味便来源于此吗？

紫苑心念一动，遂将酒杯沉入了金鱼钵中。金鱼白腹朝天，登时毙命。

"是毒！"

为问退后数步，言语中大有憎恶之意，就像是在说这事本身就下作无比。

比起愤怒，紫苑更甚的是疑惑，心中骤然涌过一阵寒意。

"毒……岂会有如此荒谬的事情！"

文和与祥缠两人一齐点点头道："泰隆内功深湛，这毒应该害不了他。"

这话说得没错，内功若臻至化境，甚至能逆行气脉，将毒从体内逼出。泰隆功力之深，在场众人无一不晓，若是如此，便只剩下一种可能——

"小妮子，你觉得泰隆像是自戕吗？"

"休得胡言！我不信！梁大侠竟会自戕！还特地把我等召集于此……断无这种道理！"

"那又该如何解释这种状况？"

为了搞清前后因果，文和强打精神，梳理起眼前的情况。

"小船既然套在楼阁这边的栈桥上，便无人能够闯入。若百毒不侵的内家高手死于毒物之下，岂不正是自戕了吗？除非是小丫头以轻功闯进此处，害死泰隆，那就另当别论了……应该没这种事吧？"

"那是当然。"

"可梁大侠又有何理由非得自戕……"

为问话音刚落便重重地倒抽了一口凉气。但见他双目圆睁，凝视着某处，嘴唇微微颤抖。

那是泰隆微微隆起的腹部。

他战战栗栗地上前掀起衣服，但见一柄匕首直插入体内，众人尽皆骇然。

"……这是什么？"

就连祥缠也吓得花容失色。

"这是师父的匕首，柄上雕着麒麟，决计错不了。"

匕首乃是刀身极短的兵刃，主要用于暗杀，便于隐藏，属于暗器一类。

如此一来，便绝非自戕。若真要自我了断，有名望的大侠断不会使用暗器。作为武林同道，自能理解其中心境。

这并非将匕首当作卑鄙的暗算之物，所谓暗器，便是看准刹那的间隙，在电光石火间一击成功时大放异彩的武器。如若失手，便只是虚掷无果，其中自包含着毁灭之意。

如若身陷穷地倒也罢了，似这般光明正大地刺腹自尽，自当使用其他兵刃。道场里所藏兵刃甚多，堪用于自戕的比比皆是，却偏偏选了匕首，既是成名的大侠，此举自是说不通。

"而且他本已服毒，若是要自戕，这便足够了。"

泰隆本是医生，古今医术无一不窥，非但精通针灸，更兼熟知药理。倘若当真服毒自尽，绝不会勘错了药量。

"意思是说，梁大侠是被人灌下毒药，正待解毒时又遭刺杀的吗？"

"解毒之时，是要催动内力才行。"

这便是说，在将毒血逼出体外之际，需大耗真元，令原本的武功难以发挥。若泰隆真是为人所害，便极有可能是这种状况。

"师父被人杀了……"

虽被这突如其来的事情所打击，但紫苑心中仍盘踞着疑问。

昨晚泰隆喝的酒里一定也被人下了毒。更重要的是，待小船系在八仙楼栈桥之后，理应无人能出入此地。

文和跟祥缠的轻功不足以渡湖，为问本就不会轻功，紫苑则不知为何内力尽丧，这轻功也就施展不得了，恋华更是从未习武。

也可以说，八仙楼本身已然与外界隔绝。虽说往来之法并非没有，但知晓其中关节的唯有泰隆、紫苑、恋华三人而已。

在此等情境下，一个百毒不侵的内家高手，竟被人灌毒刺死。

究竟是何人所为？所图又是为何？

虽说诸多情由不甚了了，但紫苑已经认定了眼下最要紧的事情："那贼子或许仍在八仙楼内。"

众人一齐紧张起来。

"船是系在这边的栈桥上的。师父既已遇害，贼子很可能仍躲在此间。"

"所言极是。"

自窗户俯瞰，下方便是小船，正系在栈桥之上。

"大和尚，你随我去练功场探查一番。师姐和小丫头，你们去二楼和三楼好好搜搜。"

文和如此安排甚是妥帖，假使真有贼子潜伏于此，相比单打独斗，两人合力自是容易应付。

"如此甚好。"

为问一边点头，一边疾走出门，文和也已奔出了房间。

紫苑和祥缠便着手探查此处有无贼人躲藏。虽说边边角角不能全无遗漏，可只要有人躲着，总能窥知些许痕迹。可二楼却毫无外人的踪迹。

两人接着转去三楼。此处和一楼的练功场相若，是没有半根立柱的圆形房间。刚踏进室内，便有一股花香扑鼻而来，这气味甚是幽渺，但既能在如此苦寒之中分辨出来，想来是昨晚在此焚香了吧。

此间一半作为仓库使用，墙上陈列着书画瓷器之类，因此间隙甚多，可供藏身之所自是不少。但无论怎么搜检，都寻不到贼子的踪影。

两人只得暂且返回一楼，与文和他们会合。

刚行至二楼，却见那两人已然快步上了楼梯，待见到紫苑她们，两人一同摇了摇头。

"师姐，你那边情况如何？"

"没人躲着。定然不会看错。"

"我也搜寻不到。这练功场根本就没能够藏人的所在。"

如今身在八仙楼的，毫无疑问，连紫苑在内就只有四人。

"那么，答案便只剩一个了。"

紫苑话音刚落，便即刻抢回书房，抓起点灯所用的油壶，抬手抛出窗外，壶中所贮灯油霎时淋遍了下方的小船。就在众人惊诧万分之际，紫苑又点起一支蜡烛甩将出去。

就在呼吸之间，小船已腾起熊熊烈焰。

"你想做什么？"

祥缠最先醒觉，眼中的杀气直射过来，但紫苑既是泰隆弟子，早已拔剑在手，气魄更胜一筹。

"弟子誓报师仇！"

此言一出，便等同宣战了。

"你是说我们一行人中有人刺杀了梁大侠吗？"

"除此之外，我已别无他想。"

紫苑泰然地承受了为问的怒斥。

"在查明杀害师父的凶手之前，只得请各位待在此处。若强行要走，晚辈只好不惜一战，即便取胜不得，却也没那么容易放各位走脱。"

虚张声势至此便可。如今内力不继，即便知道是谁害死泰隆，紫苑自忖也难以取胜。饶是如此，为了把这三人困在此处，她仍是抱了必死之念。

"不过这八仙楼四面环湖，到对岸最短也有五十丈。各位若能以轻功渡湖，还请不妨一试。"

不多时船已燃尽，陡然散作了灰烬。

第二回　山中问答

问余何意栖碧山

笑而不答心自闲

桃花流水窅然去

别有天地非人间

一

　　窗外吹来的寒风将窒滞的气息一扫而空。然而，浓厚的甜香气兀自不散。

　　那正是尸臭。既非酒气，也非垂老之人的口气，而是行将腐烂前的尸臭。

　　紫苑护着一动不动的师父，仗剑与众侠对峙。

　　紫苑虽是弟子，但毕竟仍是个黄毛丫头，现下这些成名的大侠竟受了她这后生晚辈的怀疑，甚至还扬言要大打出手，自是恼怒难堪。

萦绕在紫苑周身的气息冰寒刺骨，凶险异常，仿佛只消扎上一针便会爆裂开来。

哪怕是一贯宽厚温和的文和，此刻也是一副苦恼之态，但见他眉头紧锁，手抚下巴，好似在拈着并不存在的胡须。

为问更是显而易见，扬眉怒目，丝毫不加掩饰。

倒是祥缠喜怒不形于色，只凝神望着紫苑。突然间，修长的身子轻飘飘地动了起来，恰在一触即发的当口，这大胆且流畅的动作，就连紫苑也反应不及。

只见祥缠从怀里掏出火刀火石，擦了几下，"噗"的一声燃起火种，点燃了盘中的烟叶。随即叼起烟管，皱着眉头吐了几口烟气，脸颊一缓，出人意表地盈盈笑道："小妮子好大的气魄。且不说那边的大和尚，就连我等同门，也被疑心下手害死了泰隆吗?"

就在她将烧成灰的烟叶抖入火盆的瞬间，忽地紫电一闪，紫苑急忙反身后仰避了开来。

但见一把暗含杀人威力的小刀无声无息地飞了过去，钉入了床柱。紫苑右耳边的三股辫轻轻散了开来。冷汗迟了片刻方才喷薄而出，浸透了背后的衣裳。

也不知这小刀刀身上使了什么手法，通体染得漆黑，兼之去势极快，一眼望去竟像是紫电破空。

"反正文和知道我的手段，不妨对你直说了吧。这小小飞刀正是我惯用之物，五十步内绝无虚发。"

"你想说刚才是故意不中的了？"

"这又是什么话。我前面不是说过了吗？既是飞刀掷物，能动的便没这么容易了。若非服毒后盘坐在地的人，稍远些自然是射不准的。你不也轻轻巧巧躲开了吗？"

适才的一击怎么想都是直指心口，丝毫没有容情之意。若非表露杀气更是万难躲避，要是疏于防备，此刻怕已横尸当场了吧。

文和拔起了插在床柱上的飞刀，轻声说道："师姐，你这阴毒手段倒是一如往昔。这漆黑的刀身一到夜里便再也瞧不见了。哪怕是在光亮处，望见也只当是紫电一闪，中刀之人怕是根本不知自己死在飞刀之下吧。"

"我等弱女子想要在江湖活命，须得兼具智慧和手段，这和经营饭店是一个道理。"

"'紫电仙姑'的名号……总算知道是怎么来的了。"

"……之前便和你说过了，我不喜那个诨名。"

不知何时，烟管中又腾起了烟雾，这才是恍若仙姑的优美手法。

"——也就是说，你承认是你做的吗？"

"再去好好瞧瞧扎在泰隆身上的匕首吧。"

祥缠并未明言，只是一面吐着烟，一面将纤细的下巴微微扬起。紫苑蹙眉苦思，很快便发现了其中关窍。

"匕首是插在衣服下面的。"

最初确认的时候正是如此。泰隆腹部隆起甚是异常，掀开衣服才发现了匕首，衣下只沾了少量血迹。

祥缠脸色怫然，将烟灰簌簌抖入火盆，又道："首先，若似这般盘膝坐着，只消靠近一些行刺便可，就算不是我，也容易得很。"

但见祥缠的嘴唇歪曲成新月之形，眼里却丝毫没有笑意。

"此番告诉你这些，是不喜今后为这门手段招来没来由的怀疑罢了。不然哪怕你是泰隆的徒儿，又岂会对你这小妮子道出自己的底细？"

祥缠脸色未变，话里却透着按捺不住的气恼。

"小妮子拜在泰隆门下也有些日子了吧。可我与他自打出生起便相熟了，泰隆那亲妹子年纪只和我相差十日，长辈之间也很惯熟。我和泰隆全家都有交情，更把他当作哥哥一般看待。"

祥缠越说越不快，双眸间的怒气如闪电游走，变得凶险异常。这才似是真正应了那"紫电仙姑"的名号。

"说起来，你这是在疑心我吗？好哇，哥哥突兀地死了，遇上此等伤心之事未及平复，小妮子倒先疑上我了。虽说是嫡传弟子，也当知晓是何后果了吧？"

无从消解的愤恨和悒闷化作了尖利的重矛，毫不容情地贯穿了紫苑。

但紫苑也全无退缩之意。

"鲁莽冒犯之处，来日必当谢罪。不过眼下晚辈虽知无礼，也绝不能放跑杀师仇人。"

此时若放这三人回去，日后再想见面，怕是难于登天了。只祥缠有终曲饭店的基业，兴许还能觅得住处，但要找寻另外两人，不啻在九州全境大玩捉迷藏。

"我也憋屈得很……不过倒也并非不知这小丫头的心思。"文和一面说着，一面挠了挠乱蓬蓬的头发，又道，"但是既要人体谅，有件事便无论如何都要弄个清楚。"

紫苑拧起柳眉，不知他所指何事。

文和叹口气道："得先证明小丫头自己没有下手刺死泰隆。"

"你是说我杀了师父？"

紫苑不由得喝问了一声，但登时便领悟了其中缘由，只得将怒气硬生生咽了回去。

除了行凶的人外，无人知晓杀死泰隆的凶徒究竟是谁，正如紫苑可以怀疑众人，众人理应也能疑心她。

凶徒为不使人疑心到自己身上，常会嫁祸于人。紫苑身心俱疲，神志未复，一时竟未想到此节。

"小丫头若要怀疑我们，首先须得自证清白，是也不是？"

"不错，此间能以轻功渡湖的，原本就只有梁大侠和苍女侠，那么说来，第一个该怀疑的不正是你吗，岂不是更需自证？"

紫苑知道这话说得在理，万万反驳不得，双肩蓦地垂了下来。

"……正是。"

不料竟会蒙受嫌疑，身为弟子自是奇耻大辱，但紫苑此时终于领悟到这和自己刚才的所作所为也全无差别。

"晚辈方才所言极为不妥，还请见谅。"

"那又如何？能证明得了吗？"

文和的语调仍是轻飘飘的，和之前没什么分别，但目光如利刃般直刺过来，容不得半分回避。

"……实是没有。"

既是证明，就需毫无破绽、令人反驳不得且无法推翻的事实。但紫苑自知并无这样的凭据。

"昨夜我睡了一宿……"

为问应是看不过眼，忽而将脸一沉，朗声说道："那么梁小姐可否当得证人？就算闭眼睡去，有人发出响动，也会惊醒的吧？"

"不，小姐平日倒头便睡，一旦进了梦乡，不到天色大亮是决计醒不过来的。"

"既是没人知晓，你便什么都不要说，点点头不就得了？或者随口扯个两人长谈一夜的谎话也成，真当老实得很。"

"师恨未消，弟子不能信口胡言。晚辈只道既然问心无愧，自当如实禀告。"

"哼，似这般不知变通，倒和泰隆像得很呐。"

祥缠眼中骤现哀戚之色。

"若为此等卑鄙谎话而蒙受怀疑，就非我本意了。晚辈是为报师仇才竭力挽留各位在此，绝非为包藏己过。"

疑心到自己身上倒也无关痛痒。但若是撒谎骗人，将恋华也牵扯进来，就绝非自己所愿了。

话是这么说，紫苑却仍未明言身子不适的事。眼下众人虽万难逃脱，但倘若在问话中为人所制，难免有所不利。

"便是说小妮子无法自辩了？"

紫苑自是反驳不得，只能紧紧咬着嘴唇。

"不打紧，昨晚我也睡得甚香，跟小丫头没甚分别。"

文和这话既似袒护，也似陈述事实。紫苑无从知晓他葫芦里卖的什么药。

"这便是说，这里的各位都无法自证昨晚做了什么，是吗？"

"可是栈桥上就只留下了小姐的足迹，而会使这'踏雪无痕'功夫的人，可都在此间了。"

"那么贫僧不会使这轻身功夫，不该算在里面。"

"只是空口无凭。"

见文和如此调侃，为问神情怃然，便闭口不语。

"何况且不说脚印，这渡湖的手段，除了乘舟还另有他法吧？"

"什么法子？"

"游过去不就得了，如此简单的法子反倒不好想吗？"

紫苑望着扬扬得意的文和，摇了摇头："在这冰湖之中泅水，实是生死攸关。适才便说过了，从这八仙楼到岸上，最短也有五十丈，约有百步之遥。身在此冰天雪地之中，游过这段路程想来难于登天。"

在这透骨寒水里，气力衰减迅速异常。更何况湖水和海水有所不同，身子难以上浮，需熟识水性方能漂在水面。若是着了衣裳，非但游不得水，且会因衣服吸饱了水变得沉重不堪，几乎教人上不了岸。

"就算侥幸回到岸上，之后又该如何呢？昨夜寒风凛冽，哪怕即刻擦拭，不多时也会冻伤身子的。"

不论何等高手，在这大雪纷飞的日子里浑身湿透，无论如何也挨不过两刻。

"何况从昨天夜里至今天早上，既没有烧过水的迹象，屋内也不似生过火。这要下水游泳，又焉能保住性命。"

"据说催动内力可以御寒？"

"内功说到底不过是运转气脉的法门，和活动身子取暖并无多大不同。虽说对寻常寒冷甚有效用，但似这般透骨奇寒，只会令身子冷得更快。"

紫苑只将师父所授的内容原封不动地道了出来。

"酒虽能活血，却也让人更易受寒，是一样的道理吗？看来内功也非无所不能。"

"话是不假，却也不是绝无可能吧。倘若先使轻功纵过一半，再游过一半……"

"本就没甚必要游过湖去。"

听了紫苑的话，文和眨了眨眼，似是有些出其不意，不知为何，祥缠却笑盈盈地道："哼，好个文和，真当见识浅陋。"

"师姐，这话又从何说起？"

"就是说你愣呐。既然似寻常一般乘船去了八仙楼，待到返程之时，船既堪用，又何必甘冒大险在这冰天雪地里游过湖去？"

"说得甚对，是我大意了。去时好端端地坐船，回来却下湖泅水，断无这种道理。"

"既然腹上插着匕首，显然并非自戕，更无必要使这没来由的鬼蜮伎俩了。"

"人心难料，或许这正是为了扰乱我等。"

"被扰乱的不就只有你们两个臭男人吗？"

听了这番毫不容情的话，文和羞耻地垂着头，为问却绷紧了脸，故作泰然之状，低声恨恨地道："那又如何？是想用此等儿戏的手段扰乱我等吗？贫僧不识水性，还请莫要胡思乱想。"

"既不会轻身功夫，也不通水性，瞧这情形倒像是对你有利了。"

"有利？贫僧被诬杀害同伴，没来由地遭人猜忌，现下又被囚在此处，有利什么来着！"

这下为问气得脸色大变，将禅杖往地上重重一叩。就在这当口，祥缠却如鬼魅般悄然闪到他的面前。

"且让我确认一下，起来！"

"你干什么！"

但见为问的身子轻飘飘地浮在半空。祥缠这手轻功并非用在自身，竟是移到了为问身上，更加令人骇然。于理而言，若能以内息操纵对方的气脉，此法确实可为。饶是祥缠的手段，也需这般突施袭击方能得手。就在脱手的一瞬，为问的全身体重即已恢复如初，登时从打开的窗里猛地摔将下去。

一声怪叫之后，轰轰水声和漫天飞沫接踵而至。为问那筋骨强壮的躯体轻易地沉入水底。本想看看他情急之下是否会露出破绽，但过了良久，却连呼出的气泡也看不到了。

"不妙！"

文和慌慌张张地支起钓竿，相比隔湖钓船，将区区一人拽至二楼自是手到擒来。然而钓上来的为问却早已闭气，翻着白眼不省人事。

"让开！"

祥缠应是觉得刚才下手太重，忙以掌心在横躺的为问前胸按了几按。

为问猛咳一阵，呕出清水数口，意识缓缓清明，自知性命无碍，便全然不顾旁人眼光，除下僧衣，整个人抱将上去，紧贴在火盆边上。

"看来大和尚当真不识水性。"

"你！你！"

为问全身发抖，话音发颤，除却又冷又怒，惊惧之意倒是占了上风。但见他口唇青紫，脸色却似要大打出手般涨得通红。饶是如此，他仍是寸步不离火盆，将牙撞得咯咯作响，以出家人绝不该有的凶相瞪了过来。

被他瞪着的祥缠反倒悠闲地点起烟管，缓缓吐了口烟，笑盈盈地回望过去。

"顺便说了吧，我也不会水，若非沐浴，平时最恨身上湿淋淋的了。"

"我久在海帮，不知不觉倒也忘了，这世上会水的总少过不会的。"

虽说并非真心加害，但祥缠明明险些害死一条性命，却仍面不改色，紫苑登时萌生了些许寒意。初时便见她我行我素，不承想下手竟如此狠辣。且不论武功造诣，看来性格上自己也绝非她的对手。

就连为问似也觉得不敌，像是掉转矛头一般，转向文和喝问道："蔡大侠却又如何？以你的本事，至少能做出同样的场面吧?"

"大和尚此话何意?"

眼见被人怀疑，文和却全无怒色，反倒兴致勃勃地探出身子，像是在催问是何手法。

"就如你先前施展的手段，先运劲把船蹬至对岸，再使上钓竿的手法，把绳环套在桩子上，不就和先前所见一样了吗?"

文和摸摸下巴，道了声"原来如此"。

"之后再施展'踏雪无痕'回去，便能做出同样的状况了。"

"我这脚却不是蹬在船上，而是往桨上蹬去的，须令劲力丝毫不损地传递过去，小船方能疾驰而出。"

"适才我也瞧见了。起码用这手段，若不靠人掌舵，便无法把船分毫不差地驶到木桩跟前，是吧?"

"眼力当真了得，佩服佩服。"

这就是说，连同自己在内的这些人里，仍不知究竟谁才是害死师父的凶手。

紫苑心下不敢大意，悄然与众人拉开了距离。既然不知这些人会用何种手段，为了应对诸般变数，自是不能站得太近。

紫苑假装不动声色，却暗自咬紧了嘴唇，强言道："虽是如此，晚辈也不能放各位离开此处。有仇必报乃是江湖规矩，各位既是成名大侠，想来不会有异议吧？"

"噫，没有异议，哪敢有什么异议。"

祥缠的眼睛一眯，霍地响起"砰"的一记火药爆裂之声。

"异议自然是没有了。但小妮子可别忘了，我等也有报仇的资格。"

寒冷胜似冰雪的声音和手指，分别传入紫苑的耳中和触及其脸颊，紫苑脊背上陡然升起一阵恶寒。祥缠本来站在五步开外，只在电光石火之间，一道紫影已欺近身前。

待到惊觉，祥缠的面孔早已贴了上来，但见她口角扭曲，眼里更无一丝笑意，姣好的面容仿佛罩了一层严霜。

紫苑大惊失色，慌忙向后一退，又急急拉开了丈许，方才略微安心，虽松了口气，喘息声里犹自惊魂未定。

——刚才究竟是怎么回事？

紫苑喘着粗气，口中作声不得，心里却已再度揣度起祥缠的招式。

这与泰隆扭曲空间的步法确有几分相似，动作却更显精妙。两人既是同门，听文和说又是同时拜师学艺，使出跟师父同样的招数也毫不足怪。方才投掷飞刀的手法尚能预判，这次竟全然招架不及，难不成那"紫电仙姑"的诨名，实是源于这上乘步法吗？

紫苑背上淌过几道冷汗，只得强忍不适，却见眼前骤然腾起一股烟雾。

"莫要忘了，要说这功夫的古怪，你也不逊多让，原本不用乘船就能在湖上往返的人，便只有你和泰隆而已。"

这话说得冷酷无比，紫苑不禁骇然，就连呼出的气也似冻结一般。

"苍女侠，你的脸……"

为问嘴唇轻颤，紫苑伸手一摸，指尖触到了滑腻的物事，这才发觉脸颊竟被削去一片薄皮，虽说连伤口都算不上，但倘若对方有意，自己定已身首异处。

紫苑本有防备，却仍被她轻易便抢到跟前且大显了一手神通，不觉气势为之一夺。暗忖即便内力恢复，自己也未必能胜，禁不住惭愧难当，只恨自己修为浅薄。

饶是如此，紫苑仍拂去脸上变干的血迹，朗声反驳道："这是自然，若铁证如山，的确是我杀了师父，你可以提剑把我杀了。不过要是反过来让我知道是谁害死了师父，登时便要他做我剑下之鬼！"

"哎呀，这话怕人得很，姑娘家的，如此狠辣又有何用。"

紫苑虽想原封不动地回敬一句，但终是忍了下来。倘若真这般说了，还不知会遭她怎样讥嘲奚落。

即便如此，祥缠这般戏谑的态度，究竟是因为泰隆非她所杀，还是因为自信不会暴露，紫苑虽不得而知，却也不得不承认，这逢场作戏的本事自己也万万不及。

此时为问起身离开了火盆，想来身子已暖和过来。衣服虽没干透，房间早已是暖烘烘的，为问只穿着单衣，取出念珠，向仍旧坐着的泰隆祷祝往生。

"还是先让梁大侠躺下来吧，如此放着不管实在于心不忍。"

"不许碰师父！"

紫苑一把拿住为问伸出的手，对方刚欲甩脱，手腕却被一股巧力扭至身后，随即膝弯里挨了一踢，顺势跪倒在地。

只听见为问一声惨叫，疼得歪过脸去。紫苑虽以这记精妙无比的擒拿手立刻将其制服，却又忧心自己现下内力全无之状露了底子，一时间心脏怦怦乱跳。

虽说似这般扭紧关节的状况理应无法反击，不过既是得泰隆首肯并欲以绝技相授的大侠，却也难料会藏有怎样的绝招。紫苑便在为问施展反击之前，先朝他背上蹬了一脚，就势跃到了数步之外。

为问往前扑倒，随即站起身来，终于勃然大怒，一边揉着胳膊一边抢起禅杖。他嘴里吼了声"莫要欺人太甚"，唰地刺出禅杖，来招迅疾狠辣，直刺得即便杖头无法沾到紫苑的身子，也让铁环在空中叮当乱响。

而对面的紫苑也只能一味避让，虽有反击的空隙，但倘若出手不当，极有可能会被人瞧破内力尽失，显见得以擒拿手法掩人耳目终非长久之计。何况若是被这禅杖打中，自是难以消受。她虽不至于笨拙到真挨上一记，却又不敢松懈，时间一长自然焦躁起来。

"真是难缠！"

暴怒的为问挥舞禅杖步步抢攻，或许是用力过猛，身子微微向前一晃。紫苑乘隙抓住他陡然伸长的手臂，运力一拽，为问登时站立不定，禅杖势头一偏，朝着墙壁挥将下去。

这一击本可将墙壁震为齑粉，然而支持不住的却是为问，只听他"啊哟"叫了一声，身子仿佛受人猛击般翻了几个筋斗，全身抽了几抽，似已酸麻难当。

"这又是什么古怪？"

对于八仙楼内的异象，非但文和大惊失色，就连祥缠也吃惊不小。

"这八仙楼里布有八天奇门阵，无论外劲内功，这墙壁会把所受之力尽数反弹回来。"

为问"唔"了一声，甚感遗憾，摸着手腕准备重新架起禅杖，紫苑的剑诀却早到一步，已然触到了为问眉心。

虽既未催动内力，也未使出点穴手法，只是轻触肌肤而已，但这一指既准且快，终于让为问的脸上血气顿失。

"这一击若含内力，你哪里还有命在!"

紫苑内力未复，便只能放出这般狠话搪塞过去。

"在此动起手来终归无用，若仍要纠缠不清，便无所谓是否是害死师父的仇人，届时动手必难免死伤，还望三思。"

这般故弄玄虚了一番，紫苑实是胆战心惊，冷汗顺着脊背淌将下来。

为问懊丧地绷起面皮，嘴唇兀自抖个不停。眼里又是屈辱又是恐惧，却仍掩不住怒意。

文和低声斥责道："两位都到此为止吧，如此争斗又有何益?"

紫苑闻言心下少宽，脸上却不动声色，只是摆出遵从的样子收招退后。为问略一松懈，登时萎靡不振。

"小丫头——"文和这一声唤得甚是柔和，和眼下的气氛实在十二分不搭。

"我也想知道究竟是谁害死泰隆。他虽性子执拗古怪，却也是我一只手数得过来的好友。哦，该说是曾经的好友。不得不讲这样的话真教人恼火，我又何尝不想报仇呢?"

辨不清是真心还是演戏，却听他又说了句"且将诸般情形先审视一番吧"，已然掰着手指数算了起来——

泰隆在无人的八仙楼里服下剧毒。

八仙楼只能乘船往来，船系在八仙楼一侧的栈桥上。

泰隆试过解毒。

腹中插入一柄匕首。

匕首藏在衣下，绝非飞刀或争斗所伤。

泅水渡湖绝无可能。

唯有泰隆和紫苑能以轻功渡湖。

"嗯，确实如此。"紫苑一面点头称是，一面暗自追加了一条——

是自己以外的人害死了师父。

文和扭了扭酸胀的脖子，叹气道："不小心话说得太多，实在口渴得很。将我等硬留在此倒也罢了，怎么着也得给口水喝吧。若是留得久了，还得供应饭食才是。"

"贫僧也想讨口热水，再借身干净衣服。"

"昨晚的圆子还有剩下的吧？你顺便热了一起携来。"

身陷这般危局，众人却毫无顾忌地索要吃喝，胆识果然不比常人。然而紫苑终于有了借口回屋，自是求之不得，"好。劳烦各位多等一会儿，我回屋取来便是。"

紫苑不动声色地退出了房间，急急奔下楼梯，穿过道场飞奔出门，站在了栈桥之上。

船既遭焚毁，乍一看似已无渡湖之法，湖面上依旧覆着渺渺白雾，莫说水底，就连水面也瞧不清楚。

紫苑心知别无他途，将心一横，冲进浓雾之中，水面上传来一记脆响，她已跃上了尚未结冰的湖面，迈开步子奔跑起来。

此时紫苑内功并未复原，甚至丝毫不见恢复的迹象，是以轻功仍施展不得。能在这湖面步履如飞，只因湖底早已打下了圆木桩。

虽未对文和等人明言，但紫苑这一身轻身功夫全在这湖面练成。虽是为了练功，让幼童踏入这深不见底之湖仍需要莫大勇气。最初要练的便是压服恐惧。在湖底打进桩子修习轻功便是为此。

紫苑暗忖知道这湖底暗桩的，便只有自己、师父和恋华了。说来还有曾在府上做门客的陈家父女也知晓此事，难不成是他们潜伏在岛上某处，伺机害了师父吗？

　　不过即便是偶然来到附近，两人既使不得"踏雪无痕"的功夫，周遭也无寻常进楼的痕迹，满地的雪足以证明这点。

　　紫苑以轻盈而律动的身法疾趋在圆木桩上。从边上看，自与施展轻功飞渡湖面别无二致。湖面上白雾蒙蒙，从八仙楼的窗户里当是丝毫瞧不见她濡湿的脚踝。紫苑一面留意着足底声响，一面疾行在诸色尽消的纯白世界之中。

　　望见此景，文和佩服地说道："这小丫头轻功当真了得。不过这雾也忒大了，明明是这么明艳的衣服，转眼便已瞧她不见。"

　　"'烈风神海'大侠，还不快把窗户给关上，想要冻死我啊。"

　　文和忙点头答应，口中又问："如此宽阔的湖面，师姐能用轻功纵跃过去吗？"

　　"决然是不行的。比你那点寒碜的轻功总要强些，最多也只能跃至一半吧。"

　　祥缠只是将手悬在火盆上，并未朝他瞧上一眼。

　　但闻木炭噼啪作响，爆裂之声兀自不绝。

二

"恋华！恋华，你在哪里！恋华！"

回到宅邸，紫苑首先找寻起了恋华。一连搜寻了正房、客房和厢房，就连后厨和茅房也寻遍了，最后在恋华自己的卧房寻见了她。

"哎呀，怎地现在才回来？紫苑姐姐你太慢啦。"

但见恋华坐在椅子上，手中翻弄着一卷书，乃是一部《孙子》。

这八仙岛甚是乏味，几乎没有什么好玩之事，这般年纪的女孩子多半不喜。恋华前不久还沉迷女红刺绣，自打给紫苑穿的这身衣服绣完凤凰之后，似乎也厌倦了。应是觉得左右无事，不如把这样的东西翻来瞧瞧吧。何况她也曾得觉阿先生传授兵法，当时虽兴味索然，如今或许忽而来了兴致也未可知。

仔细一看，她倒像是随手翻阅，并非熟读的模样。就连目光也非追逐着文字，而是在纸上扫过便罢，果然还是穷极无聊。既是如此，又何必瞧这些枯燥的文字呢。

紫苑心中尽是诸般无关紧要的念头，实是自己不愿面对惨祸，尽量不去想师父的死，因此便将这些细微小事塞满头脑罢了。

想明白了此节，便能够如实地看待自己。紫苑自幼蒙受师父泰隆教诲，"无论什么时候都不可失了冷静"。而眼下这样的冷静却颇有些可恨，若什么都不去想，只是大哭不休，那该是何等的轻松呢。

"恋华——"

紫苑心下不安，声音因此有些僵硬。

恋华自然听得出来，但见她将书一合，蹙起柳眉微微偏过了头。

"怎么了？身子还觉不适吗？"

"不是，那个……没什么。"

紫苑竭力微笑掩饰过去，轻轻拢起头发。飘然散开的数缕青丝跃入了恋华眼帘。

"啊呀，半边的辫子怎么散啦？"

紫苑早将自己身受祥缠飞刀一事忘了个干干净净，仍任由头发披散。这时才忽然想起，便用指尖拨弄起来。

绝不能似这般逡巡不前了。

"恋华，我有一事相求。"

"什么呀？"

下面的话却再难说出口，真不知该从何说起。眼前是满心疑惑的恋华，一想到此刻竟打算将她杀死，紫苑便苦恼不已。

“……能把眼睛闭上吗？”

紫苑勉强挤出这一句话后，只觉喉似火燎，心口苦冷，双足绵软，就连站着也已颇为不易。

“哎呀，到底在想什么啦，紫苑姐姐？”

紫苑在千钧重压之下望着恋华天真烂漫的笑靥，见她丝毫没有怀疑，只是阖上双眼，脸颊微红，嘴角含笑，却不知在期待什么。

紫苑不敢作声，悄悄地将手按在剑柄之上。

既然船系在八仙楼一侧，那么能在这湖上往来的，便唯有知晓湖中桩子所在的恋华了。若是恋华，也当知晓那把刺入泰隆腹中的匕首平时收在什么地方。

紫苑越想越觉得只有恋华。

江湖规矩对武者而言便是金规铁律，若破了这规矩，便不能见容于江湖。

一群过不了寻常日子的人，聚在一处便造就了武林和江湖。虽也有一心好武的习武之人，不过大都是落魄失意之人，这些人绝难离开江湖，否则也只能落草为寇。人人都为见容于江湖而勉力不成为落伍者。对于侠士而言，若为江湖所不容，无疑是破除了做人的底线。

在紫苑身上也有更为现实的理由，那便是若坏了江湖规矩，便等同于与江湖为敌。不仅同门会来清理门户，就连首级也会被人标上赏金，从此便再也无法安生。寝食自不消说，沐浴如厕也无不惶惶，毕竟揭榜求赏的侠士不在少数。

紫苑懊丧万端，从未如今日这般痛恨自己行事疏忽。

或许不得传授绝技的缘由便在于此，如此一来，就连恋华也会受到师父的责罚。

然而昨晚让师父饮下毒酒，而后刺死了他，料想恋华并无此手段。可师父又何以竟这样死了？紫苑前思后想，再也想不出别的了。

定是师父万万料不到爱女竟会下毒，不巧昨晚正喝了酒，或是因为那一杯酒，便抵挡不住剧毒了吧。

果然就是恋华害死了师父……还是这样的想法最为合理。

湖底的桩子迟早会为人所觉，如此一来，楼里的那些人也会知道恋华也能害死泰隆，定然不会默不作声。

弑师之仇，焉能不报。这无关江湖规矩，而是身为弟子应尽之责。何况这事原出在自己身上，更须由自己了断才是。

紫苑思潮汹涌，手却扶着剑柄，身子一动不动。

当真要报仇吗？自己真能刺得下这一剑吗？就算师仇得

报，自己便能快意了吗？

恋华若死，自己断不能独活，那便杀了恋华，自己再以死相报吧。

紫苑下定决心，手握剑柄正待发力拔出，却见恋华仍闭着眼，脸上却现出了恍若梦中的微笑。

紫苑不由得紧咬嘴唇，即便到了这种时候，心中仍荡起一股暖意。

"唔……"

紫苑握着剑柄的手却因惊惧般的紧张感微微颤抖。

紫苑只想一剑利落地当心直刺下去，让她无知无觉地死去便好……这是自己唯一的温柔了。

下个瞬间，紫苑手臂却陡然没了力气，到底还是拔不出剑，长剑连着剑鞘"当啷"一声落在地上。

恋华被这清脆的声响一激，忽地瞪大了双眼，身子抖了几抖，一眼便望见了地上滚落的凶器，细眉间顿时蒙上了疑云，忙道："紫苑姐姐，你想做什么？"

紫苑只感到一股冲动涌向心头，只想将恋华掳去，就这样一起逃走，一起逃到天涯海角。

本想说这样的话，喉头竟似僵住一般发不出半点声音。满脑子各种念头此来彼去，身子动弹不得。

"紫苑姐姐?"

"恋华……恋华……"

紫苑好容易才挤出一丝声音,悲怆而颤抖,倒似害怕被抛弃的孩童一般。恋华所熟知的那个凛然坚毅的紫苑,此刻哪还有半点影子。

"是爹爹遭遇什么不测了吗?"

"你为何会这样想?"

"说是看看情况,一去便这么久,回来的时候就只紫苑姐姐一人,而且明明是脸色大变地跑了过来,问你为什么,却一味搪塞。"

这话说得甚有条理,紫苑一时无言以对。

"而且看紫苑姐姐这样……定然是有了不好的事吧?"

紫苑摸了摸面颊,原来脸色真的很差,的确是肌肉紧绷,嘴唇也在发颤。

恋华的纤手轻抚着她颤抖的嘴唇。

"紫苑姐姐,不管你说什么我都听,全无道理也罢,强人所难也罢,我便什么都听你的。"

也许是预感到了什么,恋华的话里已带了几分哀戚。

"可是在这之前你须得告诉我,到底发生了什么事情?爹爹去哪了? 那些大侠呢?"

室内寂然无声，沉默似有千钧之重，压得喉头痉挛不已，什么话都说不出口，本能仍在逃避着现实。

饶是如此，终归不能什么都不说……于是紫苑紧咬着嘴唇，硬是挤出了一句话——

"师父他……去世了。"

"……究竟是怎么回事？"

"这……"

紫苑的声音被怒涛般的情感一激，登时又作声不得。刚一出口，百般思绪哪里还抑制得住，一齐涌将出来。无法承受之物汇作洪流挤压在了胸口之上。

可当着恋华的面也不好哭丧着脸，紫苑强忍着泪水和呜咽，再一次陈述了事实："师父死了，只知道饮了毒药，腹中插了一柄匕首……"

恋华一言不发，只是拾起了地上的长剑，伸指弹了一弹，刷地拔出鞘来，将剑锋指着自己，却把剑柄递给紫苑。

"紫苑姐姐，你一剑杀了我吧。"

"恋华，你……"

"你若不在这里杀了我，我便会杀了紫苑姐姐的，莫要让我报了杀父之仇。"

"且慢！"

恋华神色悲壮，言语中甚是决绝，紫苑脑中却犹似天旋地转。

什么杀父之仇？难不成她竟以为是自己害死了师父？

"我早知道紫苑姐姐对爹爹十分不满，就因为他不肯把绝技传你。"

紫苑虽从未明言，但想必是神色被人瞧出来了吧。这么说来，师父也曾问过她是否不满。

"绝技一事本是留待今天商议的吧？所以昨晚你定是直接找爹爹谈判去了。而我一旦睡下，不到天明便决计醒不过来。"

紫苑"啊呀"一声，灵光一现，即刻明白了误会的缘由。这也和文和指出的一样。

"小船系在八仙楼一侧的栈桥上，紫苑姐姐可以用轻功纵跃回来。"

这几句毅然决然的话几乎将紫苑击垮。遭人怀疑虽然莫可奈何，但眼下被最怜爱的人疑心害死了师父，哪里还能忍耐得住！

"今早你吐了一身，是不是后悔杀了爹爹，心中难受？"

"你觉得是我杀了师父？"

"所以你刚刚才想杀我，是也不是？这定是为了斩草除根，在这江湖之上，焉有不报父仇的道理？"

恋华将手放在紫苑衣服上，自胸口轻轻向下划了下去。紫苑即刻明白她是在抚摸伤口，正是那道为想要掠走恋华的贼子所伤、终其一生都消弭不了的创痛。

"就算被紫苑姐姐一剑杀死，我也无怨无悔，这条命就是紫苑姐姐救下的，现在你想要就拿去便是，我不会恨你。只是……"

恋华勉力挤出笑脸，但终究还是笑不出来。

"紫苑姐姐，求你出剑快些，我最怕痛了。"

恋华握剑的手微微发颤，嘴唇也好，双足也好，乃至于头上青丝都一齐抖个不停。

"且慢，恋华！"

紫苑伸出双手紧紧抓住了恋华的肩膀，用力地晃了晃头。

"不是你杀了师父吗？"

"……这又是怎么回事？"

两人相对一愣，随即意识到彼此都误以为对方杀了泰隆。

"紫苑姐姐，你镇定些。"恋华略一思索，随即又道，"我们从昨晚到今晨，从招待客人开始，不都同在一起吗？"

紫苑心想确是如此。

"爹爹是怎么死的？"

"师父是中了毒，然后被刺死的。小腹上插着匕首，应当是趁他运功逼毒动弹不得的时候……"

恋华低头沉吟片刻，又道："那么爹爹的身子是冷的还是热的？"

紫苑闻言"哎呀"了一声，仅凭这句话，便隐隐猜到了恋华想说什么。

"师父全身冰凉，当时把我吓了一跳。"

人若身死，体温便会缓缓流逝，待冷到与外界相若，总也要经过一昼夜的时间。紫苑既知其中道理，同时也不乏经验。身为医者的泰隆经常勘验死尸，紫苑也曾几度作陪。

彼时泰隆尸身已冷，但体温仍较外界稍高，摇晃身体时，只觉他全身骨节就似冻住一般僵硬。

原本血流一停，尸体便开始僵硬。但约莫一个时辰乃至两个时辰之内，不至僵硬如此。若似泰隆一般，少说也要三个时辰以上了。

昨夜泰隆回到八仙楼，约在子时初刻（23 时 15 分）前后。而今日上船不得的恋华回到宅子，约在辰时初刻（7 时 15 分）前后。若自此倒推，那泰隆死去的时间，最晚不过丑时初刻（1 时 15 分），即泰隆回到八仙楼后，仅仅过了一个时辰便遭了毒手。如此一来，紫苑和恋华便绝非行凶之人，这是因为那时两人仍在收拾杯盘，待到躺下后又觉身子不适，已远在丑时之后。

　　即使恋华侥幸瞒过紫苑前去行凶，仍是大为不易。昨夜风雪满天，恋华又不会武功，若在这木桩上跳来跳去，显然太过凶险。哪怕去得也会沾上一身白雪，紫苑必能瞧见。

　　紫苑心下一松，陡然间双膝瘫软。同时恋华晃了几晃，也跪倒在地。

　　"果真不是恋华，如此……甚好，甚好。"

　　"那便也不是紫苑姐姐做的了，当真再好不过了。"

　　"只道除了我，便只有你知道湖里的桩子。"

　　"所以才说是我杀了爹爹吗？"

　　"嗯，我想先把你杀了，再下去陪你，却怎么都下不了手。"

　　"若是死在紫苑姐姐剑下，无论为了什么，我都九死不悔。"

　　"不，我还是恼恨自己，不管为了什么，都不该对你下手。"

　　紫苑拿过长剑掷在地下，平日里使得最趁手的兵刃，忽然间变得有些可怕。

　　"不管是怀疑小姐，还是企图斩杀小姐，这种事情还是别再有的好。"

　　紫苑似要将肺抽空般深深吐了口气，心下稍宽。恋华却似发觉了什么，脸色登时转为苍白，颤声道："紫苑姐姐，可是这样一来，害死爹爹的人，岂不是仍在八仙楼中？"

　　紫苑身上的血不免又凉下来。这话却不假，既然恋华并没害死师父，那么杀人凶手就必定在那三人之中。

　　既是如此，仍需回到八仙楼去，报了这杀师之仇才行。

　　现下既已知凶手并非恋华，紫苑心意愈坚，拾起地上的剑，猛地站起身子，暗想哪怕误伤他人，也要报了这仇。

　　"且慢，紫苑姐姐。"

　　正当重新打定念头之际，忽觉衣角被人扯住，却是恋华仰望着她，眼里甚是决绝。

　　"请将我也带去八仙楼吧。"

　　"为什么？"

　　"紫苑姐姐是想为爹爹报仇吧？我来助你。"

　　如此请求本也在理，正如弟子誓报师仇，恋华虽非亲出，但作为义女，有此念头也甚是合理。

　　但紫苑仍踌躇不定，不知该不该让她见到师父遗体。而且仇人既在那三人之中，如今自己内力全失，万一有变，唯恐救援不及。

"我乃'碧眼飞虎'之女，虽系义女，也不曾修习武功，但自从家人遭金贼屠戮，就一直蒙受爹爹养育之恩。我也想揪出这弑父仇人。"

只此一言，便激起了紫苑的侠义血性。

"既是如此，有件事必须对你明说。"

见紫苑神情严峻，恋华便一言不发只等她再说下去。

"我已经没半分内力了。"

恋华睫毛微微一动，道了声"什么"。

"我也不知是何缘故，或是与昨晚身子不适有关。总之此时内力全无，轻功也用不成了。"

"这又怎生是好……"

对于武侠而言，内功既是武学根基，又是精要所在，无法使用自是非同小可。何况紫苑外功已破，一直着重修习内功。亏得如此，方能不辱没了这"碧眼飞虎"弟子之名……只是恋华深知这浸满了血汗的修行之苦，表现得比当事人更为震惊。

"不管遇上什么事，我都会尽力护你周全。不过万一事不可为，到时候你切莫管我，自行逃跑便是。须这么约好了。"

"不行！"恋华大喊一声，断然拒道，"那时要死便死在一起。"

决绝的目光和不惜一战的神情，倒和泰隆一般无二。至少在紫苑眼里，虽是义女，两人却极为相似。

"不管是报不得父仇，还是紫苑姐姐有什么不测，我都决意一死。若是畏畏缩缩，便绝不会去这八仙楼了。"

紫苑心中甚是矛盾，既怕稍有不慎累及恋华惨死，又盼能与恋华同生共死。在这阴阳相抱盘旋不定的思绪中，紫苑终于把心一横，重新编上了散开的三股辫，点点头说道："那就答允你了，大不了陪你一起赴死便是。"

三

"怎么去了这么久？圆子带来了吗？"

刚一开口，祥缠便嗅到了香甜气味，随即脸上一僵。

"前辈的嘱托自不会忘，莫要担心。虽仍需回锅热热，不过此事交由我等小辈做便好，还请稍等片刻。"

见手托蒸笼的恋华如此禀告，祥缠"啧"了一声，随即叼起了烟管。

"怎么，梁小姐也跟来了吗？"

文和似责备顽童一般将脸板了起来。

"苍女侠，这是何故？怎可让梁小姐目睹父亲死状？何况眼下尚不明凶徒身份，如此行事岂非太过冒险？"为问的表情和声音也有些生硬。

"爹爹……"

恋华并不理会众人，上前在盘膝而坐的泰隆跟前跪倒。

"爹爹，你怎会……"

无论是初闻泰隆死讯，还是差点死在紫苑剑下，恋华都提着一股坚毅之气，可到了泰隆尸身面前，却终是不能自已，声音发抖，眼角噙着泪水，双肩微颤，明显是在强忍哭声。

恋华举家惨遭屠戮，只身逃出故乡，最初虽被紫苑救下，但其后将她收为义女，抚养长大的却是泰隆。泰隆还聘请了先生教授她识字、算数、儒经、兵法等诸般学问，这已是世间女子绝难企及的际遇了，恐怕是为她日后不寄人篱下也能生活下去的良苦用心吧。

泰隆是父母又是恩人，待她犹胜己出，恋华又怎能对他的死无动于衷？

"爹爹放心，我定和紫苑姐姐一起为您报仇。"

眼见恋华的祈愿，众人无不凛然。此时紫苑已取出了食物、茶水和替换衣服。

"为问大师，请穿这个。"

只穿着单衣的为问接过衣裳，随即套在了身上。

虽说借身衣裳本也无妨，但泰隆身长和他差了甚多，衣裳也短了一截，无奈只能拿出食客陈觉阿昔日遗落在此处的官服，和为问样貌倒有十二分不搭。文和见状笑道："人靠衣装马靠鞍，岂料和尚做了官。"

本朝重科举取士，再由圣上敕命为官，是以百官多为儒生。因而身着官服，髭面长发原是理所应当。外加平日忙于政务，难免体躯羸弱。可为问这身肌肉却似要破衣而出，头发未余一茎，就连胡髭也刮得干干净净，这衣服穿在身上，怎么看都极为不妥。

"哼，想笑就笑便是，不必客气。"

为问虽自觉不妥，倒也不再埋怨。不过到底是官服，布料柔顺，甚是光鲜。为问再三抚摸，对比原先濡湿的僧衣，不禁怅然而叹："贫富之别，从未如此一目了然。难道仅仅是一身衣裳，就差了如此之多吗？"

切肤之感的奢华。

"贫僧若出身别处，自当有别样的人生吧。"

喃喃自语的声音里，倒似隐藏着外人无法领会的真情。看他的模样显然是心中有事。

"……对了，我仍有一事不解。"祥缠周身缠着烟气，向紫苑靠了过来，"适才看腻了雪景，不曾见你回来，只好请教一下那边的小姑娘是怎么过湖的？难不成又凭空多出一条船来？"

为问眉头一皱，道："既是如此，方才四处搜寻贼子，岂非空忙一场？"

"难道这位小姑娘也会轻功？到底是怎么回事？"

"不，是我参照了适才乐前辈用过的法子。"紫苑谨慎地搬出了事先想好的说辞，"便是操纵他人气脉，将轻功移到所触之人身上的功夫。"

"参照？难不成你只瞧一眼就学会了？"

祥缠那丹眉眼中的目光愈加犀利。她将描画整齐的眉毛往上一挑，未及咂舌，便先咬紧嘴唇。

"不愧是泰隆徒儿，内功造诣果真非同凡响。"

文和在一旁连声夸赞，其实紫苑只是负着恋华从木桩上飞奔过来而已。虽说撒谎让她心下不安，但此番也是无奈之举。

此时恋华默祷已毕，转身言道："我也和紫苑姐姐一样想替爹爹报仇。各位都是爹爹的旧友，此番多有得罪，甚是歉疚。还请各位在这八仙楼里略耽搁几日。"

听了这位义女的话，为问先是愤然道："贫僧光是受了这没来由的怀疑便要气昏了头，说来刚才蔡大侠不是说过了，有办法证明不是你干的吗?"

于是紫苑将之前和恋华谈及的诸般情形又说了一遍。

听了泰隆死去的时间和依据后,众人尽皆一凛。

"虽没法子证明我和紫苑姐姐在一起,可爹爹死在什么时候却也瞒不过去,因为人死之后的情状总是相同的,是吧,紫苑姐姐?"

"不错,师父偶会替人验尸,我也曾在一旁相助。"

验尸可追溯自前秦,乃是对尸体做医学性的检查,当时技术虽然拙稚,而如今有关死后尸身变化之说已然成了体系。

"人死之后的变化大致相仿,刚看到师父尸身那会儿,一时慌乱忘了这个,要是能早些记起就好了。"紫苑懊恼不已地答道。

"小丫头不必自责,我等尚且六神无主,谁又会责怪你这个徒儿呢?"

"话虽如此,不料之后竟会……当时无论如何应予以挽留,是贫僧失策了。"

"可如此一来,我却又糊涂了。"祥缠呼地吐出一轮烟圈,又道,"若是泰隆昨晚分别不久便遭毒手,那么这里头就没人能够自证清白了吧。"

这话不假,那正是这三人声称上床就寝的时刻。紫苑和恋华在收拾杯盘时并未听到什么可疑的声音，也不曾见过人影，而且领众人回房的正是紫苑，但房间并未上锁，之后也不曾进去查看，是以出入全然无碍。

虽说仍未将众人的疑忌完全打消，不过如此一来，恋华便极难害死泰隆了。光是这点，紫苑便已谢天谢地。这时恋华问道："对了，各位聚在这里，为的是传授绝技的事吗？"

"这套神技……终究还是失传了吗？"

"原本定下是今日再行商议。"

"昨天就好生让人摸不着头脑……"

见为问神色怃然，紫苑眉头一皱，道："为问大师真从家师处得到了消息，声称要传你绝技吗？"

"你这话是何用意？"

"晚辈并无冒犯之意，但我瞧大师对武功技巧似乎并无多少兴趣。"

为问的确不练内功，全凭外功与人过招。若是高手所使的绝技，想来若无内力催动，定然施展不开吧。

为问似乎觉得既有证物，便不欲反驳，只见他从与僧衣一道晾干的随身物件中取出一封书信，将濡湿的笺纸小心翼翼地展了开来。

"这是梁大侠差人送来的。"

信中无非是寒暄问候、叙说近况之类，末了却有"老朽有意将毕生绝技倾囊相授，奉请大师至八仙楼中一叙，然兹事体大，须从足堪托付的三位大侠中撷择一人，私相授受"之语。

"说要传你，你便来了，倒和叫花子没甚两样。"

"这是在消遣贫僧吗？"

"大和尚不用着恼，我也收到了一样的东西来着。"

"我也收到了。"

文和和祥缠各自取出一封书信，揭开信纸，都是半篇时令问候和家常闲话，最后写着要从三人中选取一人传授绝技云云，虽字句不尽相同，内容却大致相仿。

"既是绝技，想必厉害无比吧。"

"非也非也。"听了恋华的嘟囔，文和将那头乱发左右晃了几晃，道，"本派的武学根本就没什么绝技一说。"

"此话当真？"紫苑不由得探出了身子，自己和师父的无形嫌隙正是源于继承绝技一事，此时竟有人说绝技全系捏造，又岂可坐视不理。

"世人皆道只要习得绝技，武功就能大进，尽是大错特错。"

最后倒成了对整个武林的宏大叹息。

"比起什么神功绝技，每日勤修苦练日进一寸才是正途。泰山之溜穿石，单极之绠断干①，并没有什么轻易就能变强的法子。"文和先是明言并无绝技，随即又道，"唯有潜心专研的种种招式才堪称作绝技，若想习得真功夫，须要自此发足。一心欲求绝技之辈，不过是贪懒耍滑的一众妄人罢了。"

就武功要旨而言，这话说得颇为在理。师父功力强悍莫之与京的法门，既不在复杂的技巧，也不在揣摩对手的底细，而是将内力修炼到极致再施展雷霆一击。有此稳健厚重之势，自然无论什么样的对手尽可降服。

"就这点来说，小丫头当真了不起，只要瞧上一眼，便知你修为非同小可，付出了相当骇人的努力。"

"这些道理……师父都教过我了。"

紫苑以莫可名状的表情点了点头。

从前的泰隆性子暴躁，督责练功也是极为严苛，因此相比寻常弟子，无论根基还是韧性紫苑都练得甚是扎实，可是……

"你摆出这副样子又是何故？我这话可不是奉承，就连

---

① 语出班固《汉书·枚乘传》，原意为泰山上的小水流可以滴穿岩石，单股的细绳可以勒断树木，说明力量虽小，只要坚持不懈地努力就可战胜困难，获得成功。——责编注

泰隆也以你为傲吧。"

"不，至少武艺方面，师父从未夸奖过我。"

——为师的功夫和你的功夫，已然完全不是一个路数。

泰隆说过的话，伴随着苦楚在心中复苏。

"唉，泰隆当真乖戾，就连自家徒儿也不肯直说。小丫头尽管放心，以你的功力，我敢说早已在寻常高手之上了。"

"多谢前辈。"

这话却是紫苑最想听师父说的，如今心愿再难完遂，不免悒郁不乐。

"那就是得传了绝技，也做不成天下第一吗？"

听到恋华这天真烂漫的一问，文和爽朗地笑着说道："天下第一这种话，只是叫得顺口罢了。不然刀枪剑棍，要这许多兵刃作甚？那是因为总有擅使和不擅使的。"

文和手上比画，身子活动，就像是真把这些兵器拿在手上一般："长枪刺法简练，可练到了至极之处，却感变化精微，难臻上乘。刀比长剑轻快，但威力总要逊色些。斧头只需膂力大些尽可运使，但招式单一，较之长剑层出不穷的技巧立刻相形见绌。棍则依据握法不同，兼具诸般兵刃的长处。换言之，须将诸般兵刃尽皆涉猎方能操纵自如，实是精妙异常。"

文和口中谈论，手上已比画出每样兵刃的对应手法，动作迅捷，毫不迟滞。即便是不会武功之人，也能窥见其中骇人听闻的苦练之功。

"非但是兵刃，这世间门派众多，无论哪家都互有长短，只从中抽出一门特定的武技则全然无用。武学之道博大精深，假若当真有什么自负天下第一的绝技，其他武功岂非全无意义。这只会徒然禁锢意念、束缚手脚而已。如此一来，又岂敢自称什么天下第一了。"

文和讲的这些早已不是什么体用得失，应归作武学义理，听在耳中，倒不似寻常谈论武功，更像是听琴鉴画的法门。

"那么在蔡前辈眼中，武学又是什么？前辈何以要修习这些功夫？"

"辱可避，避之而已矣；及其不可避也，君子视死若归。"

唯有紫苑听懂了这寥寥数语的含义。

"这是《大戴礼记》中《曾子制言》的一段吧。"

"不错。抵达此等境界，便是我的目标了。明白说来，便是笑着就死，我便是为此而习武，有无绝技反倒是细枝末节。"

"这岂不是更古怪了吗？"或是身着官服之功，为问的言行都显得威严殊甚。当然变的并非本人，只是旁人的印象而已。"你既说没甚绝技，甚至不将这放在眼里，却为了求访此物到了岛上，显然自相矛盾，又有什么说法？"

"说得不错。我本无登门的打算，当收到这封信的时候，还担心泰隆是不是年老糊涂了。"

"所以是何缘故！"

"理由有二。我只道是泰隆有意和解，才想出了这等拐弯抹角的说辞。"

"和解……吗？"

"不错。十八年前，我和他大吵了一场。在此之后便没再通过一封书信。如今却搬出这等莫须有的绝技唤我来此，不是和解又是什么？"

说到十八年前，正是紫苑拜入师门的时候。然而她却从未见过文和，至少没有这样的记忆，想来是在那之前的事了。自己和师父都绝少离岛他往。

"你和爹爹吵架，究竟是为了什么事情？"

听到恋华这声天真的质问，文和便皱起眉头，说了声"恕我不愿多言"，随即别过脸去。

恋华见他语气如此固执，倒也稀罕，便道："不愿多言本也没什么，可前辈此番若是不说，难免让人大起疑心呢。"

文和垂下肩膀，叹了口气，说道："也罢，想必在场的诸位不至四处张扬。"

换作平时，祥缠早已率先出言讥讽，此时听到文和言及往事，却只是点起烟管默然不语。

"我和泰隆之妻桂树有些情爱纠葛。"

"师母？"

"这名字倒让人甚是怀念。"

祥缠口中喃喃，猛地吐了口烟，道："她与我跟欣怡整日厮混玩耍。医生、商贾、官宦……亏得能让这许多人家的闺女聚在一处，委实难得呀。"

医生之女想来便是欣怡了，泰隆便是自父亲那里习得了岐黄之法的根基，之后在临安得授最新的学问，终于贯通古今。祥缠既治有饭店的营生，当是商贾之女，剩下桂树便是出自官家的了。

"对了，你说烈风大叔还对初恋念念不忘，难道便是此人？"

祥缠哈哈大笑，道："正是！故此这家伙才总不愿眷注新欢，作为师姐，当真看不下去。"

文和不敢出言反驳，只是将面皮涨得通红，状若未经世事的少年，哪有半点年逾半百的大侠风范。恋华觉得有趣，扑哧一笑，不由得好奇心起，又问道："不知家母是何等样人？"

　　对于她的疑问，祥缠应道："是个爱笑的妹子，纵是春日骄阳，也万万及不上她。所谓一笑百媚，大抵便是了。"

　　祥缠追思往日，话音里似有些凄切悲凉之感："不过她丝毫没有小姐脾气，性子也顽皮得紧。就因为这个，才能和我这商人家的姑娘甚是投缘。小时候穿着上好的锦衣四下乱跑，弄得满身泥沙也毫不在乎。捉蛇抓鸡无所不能，常常惹得家里人叫苦不迭，三人一同挨骂更是家常便饭。说起来，带头胡闹的总是桂树，我和欣怡倒是被她牵扯进来的。

　　"可是年纪一长，她竟成了那般楚楚可怜的女子。老天也真是不公呢。我瞧她可爱如桃，清纯如莲，馥郁如桂，举手投足无不美丽动人，教人百看不厌。只要有她相伴，内心便异常澄净；只要有她在，自己便能羽化而登仙。"

　　紫苑听祥缠竟夸赞到这个地步，也暗自心服，只道定是位仙骨翩翩，有如西王母一样的女子。

　　文和翕了翕鼻子，举目望向远处，说道："与桂树相遇之时，我是个被逐出家门的浪荡子。虽说自忖本事不弱，但苦于手头窘迫，于是便假意入伙强盗山贼，然后故意使诈，让他们一败涂地。如此既惩治了恶徒，我也能聊以消遣，又得了钱财，当真好玩得很。"

"……你那哪是消遣，分明是使性胡来。"

为问口中责备，嘴角却难得一见地微微扬起。

"如今我也这么觉得，所以应该是遭报应了吧。终于有一次我打算搅乱一伙贼人的计划，结果却大受窘迫，那便是在袭击桂树家的时候。"

文和细细品嚼着苦楚和怀念，终于还是将自己的往事娓娓道来："有次听闻某个大官收了金人的贿赂，企图卖主求荣，所以群盗谋划上门夜袭，掠取金珠宝物，我想一同惩治这赃官与强盗，于是便跟去了。乘着夜色潜入官邸，先将群盗打倒并捆缚起来，打算顺走宅中值钱宝货，然后悄悄逃走，将罪责推诿给那帮贼人。当时我只道是在伸张正义，只是……"

文和往膝上一叩，微微苦笑道："不料在那儿遇上一个高手，数合之间就被打得落花流水。我自恃本领高强，哪里把那一带的习武之人放在眼里，岂知却败在了赃官的家丁手下。"

话虽如此，文和的脸上却骤现喜色："刚交上手，便知那人和我是同门，所使家数一般无二，可那人的功力比我深湛得多，内力尤其刚猛凶锐。"

"难道这便是师父了？"

"不错，这便是我初会泰隆和桂树。"

但见他挠了挠乱蓬蓬的头发，又说道："当时我心知难逃一死，无非是刀砍斧劈，抽筋剔骨而已。可就在这要命的当口，却被桂树拦了下来。她找到了被我捆住的贼人，心知其中定有内情。我慌忙禀明了企图，却见她捧腹大笑，还训斥我说是误信了无聊的传言，故而当有此罚。然后将宅中账簿一一搬来给我过目。谁料一个官家小姐，居然特地拿出账簿向我这个穿窬小贼自证清白呢。"

文和追忆往事微微含笑，眼里闪烁着光芒。

"最后仍是挨了一顿骂，她训斥我说欲行正道，自该使用正法，简直就像为娘的叱骂自家顽童一般。这么说来，我与他们两个和师姐相识便是在那个时候。"

"当我听闻贼人闯入急忙赶来的时候，这愣子差点就没命了，我还想抬脚把他踢飞呢。"

祥缠摆出个踢人的架势，看似随口说笑，神情却颇为苦涩。或是因为她知晓桂树早亡，文和深情终付流水的事吧。

"本以为在笑，却被厉声训斥，刚觉得威不可犯，却又像是孩子般嬉笑起来，我还没见过有谁的表情竟能如此瞬息万变。"

"开朗倜傥，甚是爱笑，师父也曾这么说过。"

"唉，是啊。而且能让周边的人也开朗起来。那样的开朗，不管是否情愿，我都被吸引住了。可她那会儿和师兄已定鸳盟，我自是无可作为。从此以后，我都觉得自己是坠进了这苦情之网。"

"我只道烈风大叔一定是看上了乐前辈呢，还寻思乐前辈倒也未必不肯买账。"

祥缠即刻否认道："哪里的话，都是孽缘罢了。更何况还有那江湖规矩在此，师徒同门之间牵涉情爱，乃是犯了大忌。"

"真是的，什么同门等同于血亲，未免太不近人情。真有这档子事，就该在拜师入门前对我说个明白才是。"但听得"噗"的一声，祥缠又吐出了一轮烟圈。

"难不成你也看上了同门吗？"

听了为问的话，祥缠极力辩驳道："干你甚事？反正既然江湖规矩，我也只能当即作罢了。待我知晓此节，只道受了莫大的蒙骗。"

祥缠喘了口气，又吸上了烟管，仍是眉头紧锁吐了口烟。为何非要吸这呛人的东西呢？紫苑实是不解。

"每至用情之际必然遭遇悖逆义理之事，也不知是什么缘故。除了师兄便是已婚之人……想想就憋屈得紧。"

就连素来旁若无人的祥缠也无法断绝对师兄的思念，这番言语令紫苑的心在不知不觉中越绷越紧。

"所以大叔和爹爹是为了家母起的争执？"

文和脸现苦笑，出言否认道："只可惜桂树从未把我放在眼里。起初便谈不上争执。我初见桂树之时，她和泰隆已有婚姻之约，只是瞧在我是泰隆师弟的分上，甚是礼待罢了。"

"可你却始终念念不忘，岂不可笑？"

"没有，我只道用情专一是桩好事，要一辈子想着心许之人。"

"哎，到底年轻，甚好，甚好。"

"若不是为了追求师母，那是争执什么事情？"

"我只怪泰隆连累了桂树。"

文和当是早料到有此一问，于是断然将这话一鼓作气说了出来。而紫苑和恋华都大出所料，一齐咽了咽口水。

"你们可曾听过关于桂树的事吗？"

"不曾听过，我拜入师门的时候，师母便已辞世了。"

"我也没听过。每当问起爹爹时，他总是一脸凄楚地搪塞过去，再往后便提也不提……"

　　文和揉了揉脸颊，甚有难色地长叹道："现下泰隆已经去世，我也不知当不当讲。不过既已说到此处，再缄口不言，反倒不太好吧。"

　　但见他凝目远望，眼光深邃，甚合年岁。这在平日的超然自若和跟祥缠斗口时的神态中绝难窥见。

　　"她是死在了金人盗匪的手上。"

　　"金人……"

　　文和凝重地闭上了嘴，生硬的话声早已令恋华的双唇微微颤动。她不料竟在此处与师母有所相合，不禁往后退了一步。

　　紫苑甚是担心，赶忙往边上瞧了一眼。只见恋华的双颊全无血色，她倒抽一口凉气，朝紫苑的手臂挽了上去，紫苑也用力回握住了她轻颤的手。

　　祥缠见状，便接替凝目远望的文和说道："正如之前所言，桂树她爹多在朝廷为官，却被怀疑勾结金人，于是遭到贬谪，迁去了襄阳府。就在那次举家移徙的路上，遭了金人盗匪的毒手。"

　　襄阳府八十多年前易州为府，乃是新兴城郭。不过本身历史就极为悠久，自古以来便因交通要冲而繁盛。而在汉末三国时代，各方皆为战略要地争夺不休。刘表和孙坚也在此进行过闻名遐迩的襄阳之战。

如今此地位于宋金边界，可谓是位居前线的据点，若从临安府调来此处，实与放逐无异。显然是在权位之争中失败了。

"桂树举家迁往襄阳府，作为丈夫的泰隆自然也要同行，据说便是在这路上为盗匪所袭。"

"既有师父同行，盗匪岂能得手？"

"泰隆当时正在出诊，并未即刻同行，原本是打算待事情了结再行追赶的。"

紫苑明白了泰隆的悔恨之情，若是当年贼子掳走恋华，自己却没能相救的话，一定也会痛心疾首吧。

"泰隆若是同在，定能护得桂树周全。我曾这般苛责于他，如今想来也有些悔意，毕竟他也只是尽医者之责，救人性命而已。"

文和神情肃然，越说越恼，而这怒火显然转到了自己身上。

"他的痛苦远胜旁人，可我……"文和眉头皱纹深陷，似乎是将平日难以想象的苦恼尽数镌刻在了里面。

"我一直想为这陈年往事登门谢罪，所以才当他假意授我莫须有的绝技，实是以此为契机两下和解。"

文和为驱走尴尬，强装一副豁达的样子，紫苑领会其意，遂有意提起了另一桩事："那么，另一个缘由又是什么？"

"那便是挨了师姐训斥，叫我绝不可妄自菲薄。"

他话中略有愧意，声音却似一笑而过，恢复了往日的开朗。

"我也年过半百了，不晓得今后会怎样。不只是我自己，就连这世道也是难料。"文和撑开双臂，似在仰望苍天，"长年居于大江上，倒有了不少切身之感。四下里人来人往，金人和蒙古人的气息也越来越浓。就连大宋也将被本朝君臣合谋害死的岳飞追谥武穆。"

为问肃然道："这些全都出自韩侂胄的谋划。虽说替岳武穆正名自是大好，但其中用意也是路人皆知了。"

"那是什么人？"

听恋华这么一问，为问神色微变，复又答道："便是当朝平章军国事，权柄更甚于宰相，实是一人之下，万人之上。"瞧为问身着官服念着官民的模样，倒显得异常熟稔："那平章军国事号称主战派，手握重兵，威势犹胜临安的皇帝小儿，也不知道打的是什么主意。"

听到文和随口揶揄世情，言语甚是戏谑，身穿官服的为问不由得眉头紧锁，又道："总比令岳武穆蒙冤要强。话虽如此，褫夺秦桧爵位倒也罢了，改谥'谬丑'大肆折辱一番，却似有些过头。"

"大和尚知道的倒也不少。"

"我大宋子民谁人不知岳武穆蒙冤遗恨，又有谁人不晓秦桧恶贯满盈。"

当时坊间便有传言，道岳武穆必是冤杀。秦桧却将主战将官连同反对媾和的民众竭力弹压下去，转而与金国议和，竟尔约定宋对金北面称臣，缴纳岁贡，每年输银二十五万两，奉绢二十万匹。

是以无论当年还是现今，秦桧都负了这卖国奸贼之名，对于这恶名昭彰的前代奸臣，韩侂胄特地将其指为"作恶的奸佞"，自是希望早启战事的了。

"嗯，正因为这个，近年来世风甚是不宁。我也不知究竟会生出什么事端，便特地过来见他一面，可是——"

文和似觉不适，将身子扭了一扭，又道："到了这把年纪，便再难坦诚相见了。哪怕真和泰隆面对面坐着，我也不知该说些什么。"

"所以大叔一旦和爹爹说上话，总觉得有些拘束。"

"嗯，心中是有些紧张，但总归能够说上几句。现在看来，也算难能可贵了吧。真该谢谢师姐，不然怕是连后悔也来不及。"文和说罢便只笑了一笑，虽算不上苦笑，苦涩却犹有过之，令他看起来又苍老了几分。原本似不及五旬的面容，骤然间已可窥见其真实年纪。虽说内功可驻颜防老，但积攒起来的种种往事，却足以在面容上刻画出岁月的痕迹。

但见他凝望泰隆尸身的眼眸中，除了哀戚，更有几分无奈。

"但如果泰隆给大和尚也送了一样的信，便是另一番说法了。泰隆或许真琢磨出了什么绝技也未可知。"

"说起来，你和泰隆又是什么关系？"

此时蒸笼中圆子似已热毕，揭开盖子，热气伴着甜香弥散开来。定睛一看，一口大小的圆子只有三枚，既是昨晚剩的，便只能将就了吧。

"要说古怪，你这和尚又怎会贪图什么绝技？这才是怪事吧。"

为问淡然地断言道："吾求绝技，专为普济世人。"

"大和尚，你这'普济世人'说得也忒大了。"

"想笑就笑便了，贫僧是当真忧心这世道，岂有半分诳语？"

"你啊，光靠念佛唱经已是满足不了啦。"

祥缠眯着眼说了一句，为问精光突现，朗声应道："贫僧和泰隆已有二十载交情，自打那时起，便时常谈论终有一日要匡时济世。贫僧听闻泰隆欲以绝技相授，只道时机已至，因此不惜远道而来。"

"啊呀，一不留神就蒸过了头，糯米竟软成这样。不过瞧这天寒地冻的，想必用不了多久便凉了吧。"

话虽由祥缠起头，此刻她却兴致索然地摆弄起圆子，为问心下不忿，高声喝道："二十年！贫僧苦等了二十年，一直盼着能有今日，可信上却说什么要从三人中择取一人传授，只是如此这倒也罢了，如今又落得这般结局……这叫我如何心甘！"

"唔……到底是昨天的，滋味是差了些，也罢，也罢。"

"你，你！"

见到祥缠大嚼圆子的模样，为问再也按捺不住，脸上涨得通红。

"你这和尚，从昨天开始便好不暴躁。收得门人如此，佛祖的德行怕也不过尔尔，还请罢手吧。"

"你又所为何来！当真是来寻求绝技的吗！"

为问连遭戏弄，终于勃然变色，抬起一脚狠狠地踏在了地板之上。

"既然如此，贫僧纵是不惜一战，也要当你的对手！"

"我要你当对手作甚?"祥缠冷然应了一声,只是一味凝视着眼前的圆子,似能感受到眼中灼热的温度。

"那究竟是为了什么?"

"刚才就说过了,我所钟情的尽是些有悖伦常的对象。正因为这个,若意中人写信找我,自当千里迢迢前来赴约。这便是女人家的心思罢了。"

紫苑吃了一惊,猛然将眼睁得滚圆,说道:"莫非你说的那个有悖伦常而瞧上的同门师兄便是师父?"

"正是。这又有甚奇怪的了?打小便厮混在一起,自然心生怜爱。拜师学武也是为了能够多陪泰隆一会儿,若是如此……啧。"

祥缠狠狠呸着嘴,将圆子抛入口中。

"便犯了同门不许有情爱之事的禁忌了,要是早些知道,哪能和他一起拜入师门呢?"

转眼间三个圆子皆已落入祥缠腹中。

"这江湖规矩颇是棘手,要是稍有违反,便是与整个江湖为敌。我一个人倒也没什么,但手上既有饭店和客栈的营生,闹到如此田地岂非大大不妙。"

但见她表情甚是哀戚,明明是甘甜的芝麻馅,嚼在口中却苦若黄连。

"父母兄妹俱在，这孩子却再也不会有了。每每见到侄儿侄女可爱如斯，便只能独自饮泪。"

祥缠一人已将圆子扫得干干净净，舔舐着唇上的芝麻。紫苑见了这不合时宜的娇媚之态，不由得暗自畏葸。

"反正也没人理会我。文和先前说了，泰隆和桂树情爱甚笃，结为夫妻，根本就没有外人插足的余地。"

祥缠虽是笑盈盈的，言谈间却全是万念俱灰之色。

"可从旧爱手上得了这求见的书信，不管是什么缘由，又怎能不来相见？各位意下如何？"

恋华首先赞同道："没错，我也一样。若是生平所爱之人，即便是横遭抛弃，见了这信，说什么也要赶来。"

"这倒让人担心了。别惹上什么坏人才好。"

"没什么可担心的，我哪怕不要性命，也会全力维护小姐周全。"

听见紫苑这掷地有声的言语，祥缠嘴唇一动，似要说些什么，最后出口的却只有"是吗"二字。

"师父写信要以这绝技相授各位的意图，我越来越想不明白了。寻求此物的明明只有为问大师，甚至还有本派并无绝技的说法。"

文和只道绝技尽是虚妄，祥缠对此满不在乎。唯有不通内功，与这上乘武功最是无缘的为问一心欲求此物。

师父何以寄信给这三人，声称要以绝技相授呢？绝技究竟是否真的存在？倘若真有，又是什么样的武功招式？若是没有，师父又缘何要撒下这弥天大谎？紫苑前思后想，也想不出个所以然来，于是便道："或许还是先瞧瞧是否真有这绝技为好。"

"爹爹或许真是为了绝技才遭了毒手。若能寻出一些端倪，也许就能找到仇人的线索了。"

文和深以为然，起身说道："此言甚是，总比在此枯坐苦等要强。"

"若真能觅得绝技，贫僧绝无异议。"

紫苑骤觉身上一阵冰冷，举目望向窗外，却是大雪去而复至，但见暗云蔽空，已不知过了多少时辰。眼见天色如此，只觉得心头愈发沉重难当。

第三回　野田黄雀行

游莫逐炎洲翠

栖莫近吴宫燕

吴宫火起焚巢窠

炎洲逐翠遭网罗

萧条两翅蓬蒿下

纵有鹰鹯奈尔何

一

众人先将泰隆的遗体抬上了床。虽然躯体早已僵硬，但仍费了不少气力让他躺下。为保尸身不腐，又将盆内炭火熄灭。然后五人先去书斋找寻，却并未觅得什么武功秘籍。

泰隆的书斋之中尽是有关医道之物，仅医书便有载有调药配方的《太平惠民和剂局方》、鉴疾断病的《普济本事方》、治疗小儿诸疾的《小儿药证直诀》，萃集了当世顶尖的医理典籍。

此外还有泰隆亲自总结的诸般心得见解，却没有一页半纸牵涉武功招式，遑论什么绝技秘要了。

这般情形紫苑早已大致料到。师父将紧要物品和贵重宝物都收在三楼，搜查书斋只是以防万一之举。

原本这些医书就向来不禁紫苑和恋华翻阅，武学宗师自不会把什么紧要秘籍收在此处。更何况他已决意不将绝技授予紫苑，断不会将其收在如此显眼的地方。

待紫苑禀明之后，众人便一齐去了三楼。

适才为了找寻贼人，已将此处翻得杂沓不堪。亏得日常勤于整理，才没有乱得不可收拾。

"正如各位所见，师父将往来书信和珍本书籍都收在这间屋子，还藏有一些书画卷轴。若真有什么武学典籍，或许就在此处。"

"收藏秘籍的所在你并无把握，是吧？"

"师父严加叮嘱我切不可擅自翻阅，因而极少涉足。"

"我也只有打扫的时候才会来这儿，而且只有当着爹爹的面，小心依着他的指示才会触碰里面的东西。"

"哎哟，这东西当真了不得。"祥缠似发现了什么宝物，微微偏过了头。

那是一个扁扁平平的香炉，直径四寸，高一寸有余，仅从外形看去，并无甚特异之处。乍见只道是青瓷，颜色却大不寻常。

"这黄色的青瓷当真稀奇，我也是头一次见。"文和好奇心起，将闪着精光的眼睛望了过去。皆因这颜色和毫不张扬的形状，令香炉隐隐透出玉石的质地和贵妇的气象，只瞧得人目眩神驰。

"品位还挺不错，这般发黄的青瓷唤作米色青瓷。"

香炉似乎长久未用，连香灰都没剩下。说起来适才查看此处时，似乎嗅到了花香。

"这里收着一些书信。"

为问寻得了一只漆盒，于是捧了过来，掀开盖子，里面确有一沓信笺。

信中所记内容五花八门，有草药食材的账单，有往日病人的医嘱，又有与亲人的往来问候，更有多封欣怡寄来的书信，似对泰隆身体甚是记挂。

不仅是这欣怡婶婶，师父其他的至亲，紫苑也都从未见过。对于武侠而言，世俗的牵挂显然不如练功要紧，就连师父自己似也极少想回老家。

虽是如此，事情既已到了这个地步，仍需写信告知才行。初次问候竟是为了通报师父死讯……紫苑满口苦涩，只得姑且将其咽落腹中，继续搜寻绝技的线索。

盒中还存有不少昔日食客陈觉阿寄来的书信，信中告知他在都城临安的近况，其中还写了爱女萧明之子，也就是觉阿先生外孙的诸般情状。只消读过这些文字，便可想见觉阿先生眼中带笑的模样。

觉阿先生虽督学甚严，但生性温和，紫苑正在想念之际，忽然瞥见了一纸笺札，说的是当把紫苑许嫁别家了。

紫苑今年二十三岁，此时言嫁，似乎为时已晚。不过仔细一看，落款却在五年前，当时"之子于归，宜其室家"①，却是恰逢其时。

六年前，觉阿先生爱女出嫁，他也随之移居临安，这事是一年后提出来的，应是有感而发。

至于泰隆作何回复不得而知，但是从觉阿的回信中仍可窥见端倪。看来泰隆是认为为时尚早，但觉阿的信中，仍时不时会有挂怀紫苑出嫁的字句。

"觉阿先生如此挂虑我的婚嫁之事，真叫人过意不去。"

明明先生并不在此，紫苑却大感尴尬。

紫苑本就没有出嫁的打算。见泰隆用意如此，紫苑自是万分感激。

———————————

① 出自《诗经·国风·周南·桃夭》。

紫苑未知后续如何，心下仍是不安，遂打起精神，继续展信读了下去。其后依旧是谈论京城见闻、父女近况、紫苑出嫁诸般事由。从中也可窥见泰隆心思变化。

起初他尚嫌言嫁过早，满心不愿。但时间一长，始对紫苑练功有成甚感欣慰，只道假以时日，无论身在何处都不会令师门蒙羞。不过，泰隆仍叱责紫苑不够成熟，甚至渐渐为她的婚姻大事深感烦恼，最后甚至在信中自问，不知究竟当不当把紫苑嫁出去。

紫苑见泰隆竟如此烦恼，纵使并无出嫁之意，也是黯然神伤。此时在一旁偷瞧的祥缠出言问道："小妮子有没有想过嫁个好郎君呢？"

"师父未曾向我提起婚姻之事，我也从未想过。"

以她这般年纪，哪怕已有儿女也毫不足怪了。但在这江湖之上，孑然一身的女子比比皆是，某些门派甚至禁绝男子，只收女徒。

紫苑虽未及深思，但再听人提起，又觉得婚姻确是人生大事。不禁暗暗发问，师父究竟是何打算？难道女子只消嫁出去了，便称心如意了吗？若是如此，自己岂非错上加错？师父此愿绝难完遂，紫苑一时也辨不清其中的是非善恶。只觉一腔烦闷无从宣泄，沉甸甸地压在肺腑之间。

待再往下看时，觉阿引自泰隆来信中的一言却映入眼帘。

而今老朽瞧紫苑俏丽可人，再也不愿放手。既为掌上明珠，又岂可令她顺我之命嫁与旁人？须听凭自觉，任其觅得心许之人白头偕老便了。

紫苑不由得屏住呼吸，复又读了数遍。当然任凭她读上几遍，也不会有一字不同。

一同读信的祥缠在旁笑道："竟说什么俏到不想让你嫁出去，不是溺爱又是什么？"

紫苑一时间不知该说什么，只得先深吸一口气，为了不让人窥见自己心旌动摇，又缓缓将气吐出，这才感到停住的心脏复又搏动起来。

"师父竟会这么写，真教人惊讶。"紫苑发觉自己话声颤抖，不由得暗暗吃惊。师父泰隆年龄渐长，性子也练达了不少。但在拜师后不久甚是暴躁，师父对自己拳打脚踢自不稀罕，掌掴脸颊也非一次两次了。

当时情形仍没齿难忘，平素严厉的面孔仍历历在目，可这信中泰隆的语气却似换了个人一般。

"师父从未这般对我……"

　　紫苑满腹狐疑，暗忖师父若是当面提起，自己又当作何表情呢？定然是手足无措、汗出如浆吧。不知为何竟想到了这些事情。

　　"师父居然写了这些，总觉得不可思议。"

　　"不过爹爹望向紫苑姐姐的眼神一向温柔，想来也没甚奇怪的吧。"

　　听了这话，紫苑更是张口结舌，她只记得被泰隆严厉无比的目光盯着。

　　"我总插不进你俩之间，心里好生嫉妒呢。"

　　"小姐嫉妒我？"

　　紫苑口齿颠倒，声音顿时走了板。

　　"应该是我这么想才对吧，你们父女的关系当真亲密……我又学不得小姐模样，在师父面前撒娇。"

　　紫苑曾望着这对嬉笑的父女，不知暗自羡慕了多少次。然而恋华是义女，自己虽行过拜师之礼，却仍是弟子罢了。

　　明明自己早已看开，此时却被恋华称羡，又怎能漠然置之。

　　"那我们倒是在彼此羡慕啦。"

　　——我没法像紫苑姐姐和爹爹那样，没事比武来玩。

　　紫苑心念一转，忽然想起了昨日恋华说过的话。难道她并非宽慰自己，而是真心羡慕不成？

"哎，紫苑姐姐快接着看吧，下面才好玩呢。"

紫苑听见催促，便望向了下面的字。原来上面写的是觉阿先生惊慌失措的样子。

待听闻泰隆直言紫苑俏丽可人，无意让她出嫁的言语，觉阿先生说他大吃一惊，登时吓出一身冷汗，不由得将手中的铁锅重重摔落，硬生生撞出一块凹坑，又说自己年事已高，受不得这般惊吓，紫苑正值妙龄，许个好人家才是正经。

信中又说自己因这口铁锅记起了之前托人锻造的蒙古铁剑即将大功告成，此剑为上等精钢所铸，削铁如泥，锋锐异常，大有乐趣。

末了又提起自己觅得一对名贵瓷瓶，即刻托人给泰隆送去。此物置办甚费心力，还望泰隆莫忘初心，郑重收藏，若有必要，亦可赠予紫苑充作嫁妆。

信上所记日期是在一个月前，不知泰隆回信说了什么，又或者事出仓促未及回复也未可知。

"我仿佛看到了觉阿先生铁锅脱手，大惊失色的样子呢。"

虽身涉险境，恋华仍一边想着，一边哈哈大笑。如此总强过失魂落魄。看她笑靥如花，就连紫苑也心旷神怡。此时虽未觅得记录绝技的所在，也不曾找出杀师仇人的端倪，心下甚是忧急，但只消有她陪在身旁，便能令自己不至沮丧，已是难能可贵的了。

"不知是不是这些瓷瓶。"

恋华拉开橱门，从中取出几个瓷瓶，其中确实有一对形状一致、花纹不同的瓶子。一只白底黑蔓，另一只则是黑底白莲。究竟是华美还是素净，却也一时难辨。

往腔中看去，只见两瓶之中都盛满浆液，气味甚是特异，倒与昨日喝的酒有几分相似。

文和猛吸一口，大声道："这是闷倒驴啊，是用马奶酒蒸馏制成的蒙古佳酿。"

"烈风大叔当真见识广博，这么说来，你的丝儿也是从蒙古得来的吧？"

"在海帮落草以前，我曾去各地游玩，在蒙古也待过两年。那里尽是些生性粗野却也极讲义气的家伙，义气相投，便请我喝了这酒。虽然滋味有些奇怪，却也甚是可口。"

文和口中夸赞，手上却全无动作，想来瞧见泰隆喝了毒酒而死，是以不敢随意就口吧。

而紫苑在意的却是别事，但见她柳眉一皱，说道："为何里面盛的是酒？是觉阿先生送来的吗？他明明知道师父不能饮酒。"

当日泰隆呕血之时他也在场。从那以后泰隆滴酒不沾，莫说醉态，周身就连酒气也无一缕。难不成是泰隆悄悄藏匿于此留待自用的吗？

为问小心翼翼地凑上去嗅了一嗅，说道："梁大侠所饮的毒酒是不是这个？"

"确有股奶腥气，我店中也曾卖过这酒，是以仍记得这气味。"

适才只道这甜香气是尸臭，如今看来，或许其中混入了马奶酒的气味也未可知。

"信中指的便是这对盛着马奶酒的瓷瓶？要说名贵倒也当得，又说费事费力，确也没甚矛盾……"文和似有什么顾虑，低声继续道，"即便如此，这副模样也教人头皮发麻。"

"哪里不对？不就是寻常的藤蔓和莲花纹吗？"

"梁小姐请瞧仔细，这可不是藤蔓，乃是荆棘。"

紫苑听了这话，再细细看来，便知文和所言不虚。原先只道是藤蔓，枝上却绘着几根小刺，看起来是有意让人一眼分辨不出。

"莲也是朝下的，明明是祥瑞之物却向下生长，就不觉得古怪吗？"

紫苑出于慎重又确认了一遍，果真所绘莲花共一十四朵，除去一朵之外，其余尽皆朝下。

"这瓷瓶阴森如此，哪怕再是贵重，又岂能赠予徒儿充作嫁妆。这位觉阿先生竟不懂人情世故吗？"

"这个……我只知他学识渊博，是个严守礼法、循规蹈矩之人。"

"那就更怪了，既是如此厉害的博学大儒，又怎会送来这种东西？"

"……是不是有甚隐情，这纹样难道另有含义不成？"

"这花纹流传世间已有好些年头了。如今已难觅其踪，但贫僧年幼时还有人藏匿此物，如今看来甚是怀念。"

为问的声音震动着众人的耳膜。

"'藏匿'？是有什么说法吗？"

为问身着官服点了点头，眉宇间威严殊甚，想来是穿得习惯了。

"这是暗指岳武穆被构陷冤罪的花纹。"

"咦，和岳将军有关吗？"恋华瞪大了眼睛，显然是来了兴致。

若是宋人，自会对岳武穆等抗金名将心生敬佩，紫苑却对恋华的反应多少有些不安。虽说是幼时经历使然，但只怕对金人的憎恨会蒙蔽了她的双眼。宋人中也有小人，金人中也有君子，虽是理所当然的道理，却往往为人所忘。

为问手抚瓷瓶，口中又道："视之黑而实白，视之白而实黑，暗喻被处死的岳武穆实是蒙冤，害死他的秦桧才是如蛇结茨①般的卖国奸贼。"

官人打扮的为问控诉冤屈，倒颇有忧国忧民的悲怆之感。

"也有人道是岳武穆的陪葬诸器中有与这一模一样的瓶子，被知晓内情的人散布开来。"

"你说当年广为流传，可我还是第一次见。若是在六十多年前，理应有更多实物才是。"

"秦桧对反对之人大肆迫害，就连布衣百姓也不放过，还以没来由的借口将这类瓷器尽数销毁，不承想竟留下了这一对。"

"……为何觉阿先生要送来这样的瓶子？"

从岳飞和秦桧之事以来，迄今为止已有三次宋金议和②，对紫苑而言皆是出生前的往事，其实不甚了解。

大宋自立国始，至时下已是前所未有的盛世，甚至隐隐

---

① 即云实，藤本植物，茎和叶轴背面生有尖而硬的钩刺。——责编注
② 指南宋与金的三次议和，分别为绍兴八年（1138）的宋金议和、绍兴十一年（1141）的宋金议和、隆兴二年（1164）的宋金议和。——责编注

有极盛之势。虽说偶尔会听见老人对议和之事颇感不忿，但在宋金互市中赚足金银的却是大宋，此时贸易的获利早已远超岁贡了。

身居此等边鄙之岛，书信却畅通无阻。泊港船只往来不休，生意也极是兴旺，凡此种种，足证国富民足。

正如大唐宪宗皇帝所言之义，胜败乃兵家常势①。相比于战场决胜，罢战后的举措才是决定国之大势的关键。既然有此繁荣盛景，那秦桧推进的议和岂不是并非全然谬误？

紫苑道出了心中疑惑，为问出乎意料地点了点头。

"议和确有积极一面，是也不假。"但他随即眼现怒色，恨恨地道，"可是……可是那秦桧偏偏以国策之正为借口，明哲保身，大蓄私财，还结党营私，为诸子和族人在朝中安排要职！"

"大概他也知犯了众怒，若是地位不稳，即刻便要性命不保。"祥缠虽是讥讽，话却说得在理。虽与己无关，仍让人有了切身之感。

"哪怕议和真是为国家计，若趁机中饱私囊、巩固权位，也不免奸臣之议。更何况构陷无辜，冤杀国士，虽万死莫辞

---

① 出自《旧唐书·裴度传》。原句为"延英方奏，宪宗曰：'夫一胜一负，兵家常势……'"。——责编注

其咎!"

为问的评价,从前往后皆与世上舆情并无二致。于失地将复之际力主议和,无论居庙堂之上还是处市井之间,秦桧之举多遭非议,是以并未过去多久,暗喻冤情的纹样便已流传开了。

但此人屠戮忠良既无半分踌躇,对于民间责难亦毫不在乎。因他四处搜刮百姓私财,遭人痛恨自不消说,世上的嗟怨之声也愈演愈烈。

"我仍是不解,大师的言下之意虽能领会,一想到秦桧的奸恶也是愤恨难平,可还是不懂觉阿先生为何要将此物赠予我充作嫁妆。"

紫苑手抚瓷瓶,触之只觉凝滑如脂,甚是舒适。不愧是上等瓷器,当真考究之至。

"若这瓶子真有此说,觉阿先生自当知晓。该不会是让我替岳将军报仇雪恨?"

"秦桧早在你等出生前便已病死,这报仇之说又从何谈起。"

为问言毕,只是将厚厚的嘴唇紧紧抿住。

最后仍是一无所知,正当众人尽感气馁之时,恋华那银铃般的声音却从一片沉寂中响了起来:"爹爹所说的绝技,难不成便是自岳武穆手上传下来的？我也是突发奇想，并无多少自信。"

"这想法倒是有趣得紧，可我等连同泰隆在内，全都和岳武穆无甚干系。果真有此绝技，也当传给子女兄弟，或者当年并肩作战的属下才是。难不成这位大和尚竟与岳武穆有缘？"

为问默然不语，只是摇了摇头，一言不发的时候倒愈显威严："贫僧出生之时，秦桧虽尚在人世，但从未谋面。"

秦桧死于绍兴二十五年（1155），如此一来，为问少说也有五十二岁，当与文和年纪相近，倒让人颇感意外。虽说文和面相本就显得年轻，但看起来却像是小了为问一轮以上。

"——那么，你们到底有没有找到关于绝技的端倪？"

或许是烟叶已尽，祥缠空叼着烟管，怔怔地问了一句。

众人全然不知所措，室内一时间沉闷难当。同时紫苑愈发焦躁难堪，只得将牙关紧紧咬住。

寒潮已至，昨夜又是风雪交加。再过数日，湖面便会冻住，怕是届时再难拦阻三人离开此处。

眼下内功仍未恢复。紫苑平日里便时常行气运功，若稍有复原，当即便能察觉，可至今仍无任何征兆。

紫苑越想越是烦恼，低头瞪着地面……就在此时，眼中蓦然瞥见了地上的纸篓，不由大感异样。

房间已收拾整齐，唯有纸篓中堆满了废纸。

"小姐，你最后打扫此间是在什么时候？"

恋华抬头凝望着天空出神了一会儿，随即沉吟道：
"……当是在三日之前，昨日清晨替爹爹运送早膳的时候，
他叫我顺便将废纸携了出去。"

昨日和师父交谈，自是在用过早膳之后。紫苑也不知此
后他是独自前来这里，还是和凶徒一道来的。

恋华顺着紫苑的视线望向纸篓，随即将头一偏，疑惑道：
"啊呀，昨日明明倒空了，怎生又多出这些？"

"是了！"为问身子一震，抢上前去捧住了纸篓。

"喂，为问大师，莫要翻乱了！"

"桌上笔墨俱在，或许梁大侠刚把回信写完，发觉写错
了字，便随手掷在此处……"

为问不顾恋华拦阻，把里头的东西尽数倾倒出来，把扔
掉的纸张逐一展开。虽说尽是些不值钱的竹浆纸，但糟蹋了
如此之多，还是令紫苑颇为在意。平日里泰隆都是先在木片
上写好草稿，再逐字誊到纸上，此番是不愿费事誊写，还是
写完后念头一转，随即废弃了呢？

"错不了，这正是梁大侠的字迹。"

　　为问将纸篓里的信纸摊在桌面上，众人即刻围上前去查看。

　　恋华问道：“这便是爹爹写给觉阿先生的回信吗?”

　　紫苑却似充耳不闻，但见她纤长的睫毛抖动着，颤声说道：“这是怎么回事?”

　　信笺开头仍是简单地寒暄了几句，随后谈起了送来的瓷瓶和蒙古铁剑。传闻此剑为上乘镔铁所铸，接着又是几句“龙吟绵长”的盛赞之词。

　　所谓龙吟，乃是以指弯曲剑身，放手一弹所发的清越余音。使剑高手往往以此品评宝剑优劣。话虽有所夸张，师父对于此剑的期许却也由此一目了然。

　　然后又谈起了紫苑的婚姻大事，泰隆似仍在烦恼当不当把紫苑嫁出去。

　　读至文末，但见信上写道：

　　　　老朽拟从足堪托付的三人中择取一人，将恋华托付之，以为替代。

二

　　“……总算寻到了。”为问声音一亮，倒似在河沙中觅得了金子。

"怎会有这等事，一定是弄错了！"紫苑的声音却似受了重挫一般僵硬。她血气急遽褪去，莫说脸颊，就连嘴唇也转为苍白，室内并不寒冷，身子却似筛糠般战栗不止。

紫苑生怕有甚疏虞，将字迹看了又看，仍觉得就是师父的字。

"不错，这便是梁大侠的笔迹，将梁小姐托付给三人中的一人……是了，所谓绝技，便是指梁小姐吗？"

"绝技竟是……小姐？这我仍是不解……"紫苑一时失魂落魄，眼前晃来晃去尽是黯淡无光的发丝。

"难不成泰隆这家伙，竟打算从我们三人中选取女儿的托付之人！"

"爹爹要将我……"

恋华瞪着信笺，似仍未回过神来。昨日还念叨着非紫苑不能相托，此番陡生变故，不啻晴天霹雳。

"这事好生古怪。"

紫苑刚想怒斥此事之荒谬，却仍硬生生忍了下去，只将一头秀发摇得凌乱不堪。

"为何要从我出嫁的事情，忽然移到托付恋华——不对，是小姐身上？"

"既然梁大侠改意如此，我等又岂能得知？"为问持论虽正，紫苑却大受震动，险些将剑拔将出来："我是说这两件事全无干系，既然这信已被扔进了纸篓，那就绝非师父本意！"

紫苑将三股辫甩得直朝脸颊撞上去，发丝愈加狼藉不堪。

"说什么绝技竟是恋华？再怎么说，我也无法理解。"

一时间各自龃龉不解和兜兜转转的诸事不断涌现，紫苑阵脚大乱，丝毫不曾注意到自己竟在众人跟前对恋华直呼其名。

"确实如此，若是为了其幸福，那直言不就行了，特以绝技暗喻，我也不明白是什么用意。"

只听见恋华喃喃地道："可我并不情愿啊……"

"所以他才不愿明言。不仅是对自家女儿，连我等也不让知晓？"

"若爹爹说要把我许给烈风前辈，前辈还会来这岛上吗？"

文和闻言大为尴尬，只得闭上了嘴，不愧是年逾五旬仍对初恋念念不忘之人。

"所以才不提以女相托，便径直把三位唤来此间了吗？"

"极有可能。"为问此言显是甚有把握。

"且慢。就算退一百步……姑且承认传授绝技便是以女相托的暗喻，可为什么要找上乐前辈？"

"小丫头说的是那个吗？"此间不明这话中暗示的便只有为问。

但见祥缠一脸哀伤，颜色婉转，惨然道："你该知道的，我们是同类吧。"

"这……"紫苑一时间也不知是口中发颤，还是腿在抖动，连话也说不清楚。

祥缠所说的同类，难道竟是那个……

"同类？可乐前辈刚才不是说对师父心怀爱慕……"

"紫苑姐姐，乐前辈说除了爹爹以外，还喜欢上了已婚之人，只是没想到那人是……"

"是了。我此生中第二个倾慕的便是桂树，初识之时，她尚未成婚。"

"这也太过突兀，真教人难以相信。"

见紫苑犹疑如此，祥缠冷然一笑，说道："先顺颂时祺，再由嘘寒问暖询及家人近况，问一问买卖营生，最后再谈这个，你就深信不疑了吗？"

"都什么时候了，请莫要说笑！"

紫苑正欲发作，文和忙柔声安慰道："小丫头，我和师姐都在同一人身上双双失意，还需互相慰藉才是。"

"说什么互相慰藉！你喝成一摊烂泥，还劳我照看，吐得昏天黑地，当真难看！"

"师姐还让我付酒钱来着！而且那酒钱简直漫天要价！明明浊浆醪酒也堪饮得，为何非要我请你这八百倍身家的富豪吃喝呢！"

明明事已至此，两人却似在逗笑玩乐。紫苑不由得疑心两人是不是有意胡闹。

"请两位别再说这些笑话了！"

紫苑想强作镇定，但仍是怒不可遏，话音也随之微微发颤。祥缠却在另一边悠然站定，朝烟管上吸了一口。"世人总爱以自身为准绳来考量，每每悲怆地说自己与众不同。"只见她轻吐烟气，翩然成圈，看来这盘中烟叶并未烧尽。

"师姐啊，你这话的意思是……"文和口中询问，眼神却在紫苑和恋华之间游移不定。后面的话，却怎么都说不出口，只得阴着脸坐了下去，长年累月晒成褐色的旧椅子咯吱咯吱响了一阵。

"贫僧无需学问，只消有好处便成。如果说梁小姐便是绝技，那便却之不恭了吧。"

为问转而瞪向祥缠。

"我既同为女子，又是小妮子的师叔，若眼见她俩将变得不幸，又岂能坐视不理！"

"贫僧也知乐女侠为人仗义，但这并不是说梁大侠之女就要托付给你，让她嫁个郎君才是福气！"

"嗬！你个酒肉和尚还有脸说让女人享福？"

无论怎样打圆场，祥缠这话都毫不掩饰对为问的轻蔑。但见为问的面皮涨得通红，往桌上重重一拍，几欲大打出手。

"两位且住！"

文和素来性子宽厚，此时却少有地露出不耐之色。接着将视线投向恋华，神情甚是怜惜："此时泰隆已然去世，最要紧的不正是本人的想法吗？"

另外两人望着这神情沮丧、垂头丧气、不知所措、柔肩乱颤的少女，尽皆默然不语，就连紫苑也苦于不知该如何开口。

"小丫头啊，至少我是真心相助你来着，不管怎样这也是师兄的遗训，你可须老实回答。"

恋华仍是不语，只轻轻点头同意。

"你有想过依靠我们三个里的一个吗？"

"不要。"但见她唇上虽无半分血色，语气却甚是决绝。

接着，她似是打定了主意，稚气未消的脸庞遽然一变，说道："若这真是爹爹的遗愿，那我——"

"且慢，恋华！眼下先告诉我你的想法！"

见恋华忽然提起泰隆的遗命，似欲以身相殉，紫苑慌忙拦了上去。

"可是……紫苑姐姐，倘若这真是爹爹最后的心愿，我又该如何是好……"

恋华话音恳切，眼中全是依恋之色，令紫苑的心神瞬间涣散。

"倘若爹爹的遗愿真要我依靠这三人中的一个，那我既是女儿，又岂能有不孝之举？"

"不错，孝道乃大义所在，所以贫僧才决意接纳你。"

即便如此，要紫苑眼睁睁地看着恋华被托付他人，又岂能心甘？

紫苑只盼其中有所误会，于是又将信读了一遍。本想说这信本已毁弃，当不得真，但瞧为问的模样显然难以说服，而且眼下自己的功力谅也胜不得他，须得另作计较……

紫苑的心绝望透了，却仍挣扎着，一味思索有无甚异样之处。

暗喻岳飞和秦桧的一对瓷瓶。

蒙古镔铁打造的宝剑。

提及自己仍未下定决心让紫苑出嫁的信。

从足堪托付的三人中择取一人，将恋华托付之，以为替代。

紫苑适才便觉得这最后一言甚是突兀，似是被人强添上去一般。泰隆在这之前并未有一言专门提及恋华之事，何以竟在信末扬言要将她托付他人？

"难不成……"紫苑忽而想起一事，"小姐，请把信给我。"

为问拦在中间，喝道："你是打算把信毁去吗？"

"晚辈并无此意。那就请为问大师拿在手里，我只是想确认清楚这是否真的是师父亲笔。"

"这字难道不似梁大侠的手笔吗？"

"像是像，可这字尽可模仿。"

"那又该如何鉴定？"

"请将纸对着太阳光看看。"

为问依她所言，将信纸举到窗前，随即眉毛一拧，惊声道："墨色浓淡似有不同！"

这信纸甚薄，乍看自是不觉。须似这般当着阳光，方能瞧出其中差别。

"这个……"为问话音生硬，显是困惑非常。

祥缠一把将信夺过，随即点头道："看似只有这最末一句用了冻墨书写。"

"应该是了，墨汁一旦结冰，质地便会不同。"

"乍一眼是瞧不出来，不过似这般一照便知端的。"

"至少这最后一言是外人所添，所以这信上所书自不足为凭。"

为问咬牙切齿地说道："贫僧仍是不服，或是梁大侠之后把冻墨吹开，自行添了这话，也未可知。"

"要让这墨汁冻上，少说也需一宿。师父是在昨夜亡故，定是在他死后由某人所添。"

这纸篓既在昨日早上已被倒空，若要在原信之上使用冻上一次的墨汁书写，应是过了一晚。即使这墨汁磨得再浓，白日里也极难冻上。

恋华默然无语，双腿一弯跪倒在地。紫苑慌忙抢上前去托住她的身子，但见她双目含泪，抽抽噎噎地哭泣起来，"如此甚好……"

若这真是亡父最后的嘱托，恋华碍于孝道，便也只能毅然决然地遵从，但这并非她的本心。

文和见状，不由得怒气上涌，大声喝道："臭和尚，使出这般狡狯伎俩的不就是你吗！"

"不是！贫僧绝不会行此下作手段！"

在这三人之中，只有为问对托付恋华一事最为热心，所以遭人怀疑本也理所当然，但也无法证明这字便是为问所添。

文和的面皮涨得通红，良久才将高举的拳头放了下来，将抬起的腰往椅子上重重一坐，又朝地面蹬了一脚，略一定神，说道："不管怎样，定是害死泰隆的人添了这一笔，否则也再无他人能够做到。"

紫苑眼见如此，也不能说便不是文和做的。也可能明明是他写下这话，却抢先发难故作玄虚，借此转移嫌疑。

虽知越是怀疑便越容易萌生恶念，紫苑却仍是松了口气，至少不必让恋华被带走。

紫苑深知再这般纠缠下去，莫说为师父报仇，就连恋华也难以保全，这点即便豁出性命都须设法避免。

文和神困力疲，靠倒在椅子上说道："这绝技到底是什么，结果仍是不知吗？"

"把梁小姐当作绝技相授的字句显是外人添上去的，可是写下这话不知有何用意？"

"'从足堪托付的三人中择取一人'，我也不知是何用意。"

从眼下的情形来看，无法得到解答。

"真是遗憾，至今仍是无人能够洗脱嫌疑。"

"莫要忘了，就连小妮子也是一样。泰隆不传你绝技，所以便下手杀人……这岂非大有可能吗？"祥缠说笑似的添了一句。

"那这封信又该作何解释！"

"此事非我所为，我又岂能知晓？"

被人加了这戮师罪名，对于拜入师门，以毕生之力光大本门武艺的紫苑来说无异奇耻大辱，这几句话只气得她手足乱颤，丹田处一股热流冲将上来，已是怒火攻心之状。

——不对，且慢。

紫苑本道是震怒之故，可这如痉挛般的热流显然与之迥异。于是慌忙瞒着众人运气通脉，只觉得周身百骸热血如沸。

内力已有复原之相，虽仍气若游丝，与本来功力相去甚远，远不足以施展轻功。

紫苑心知此刻贸然搦战，定然一败涂地。既然功力渐复，就需尽力拖延。只消轻功复原，便能随时携着恋华脱离险地，可是有何手段能够迁延些时刻呢？

正当紫苑沉思之际，心中忽然多了老大疑窦。

这便是为问见到泰隆欲托付恋华之言词时的态度。唯一认同此事即绝技的便只有他了。对此，文和、祥缠以及紫苑都颇有疑心。

这为问和尚的态度让人好生不解，他自称寻求绝技本是为了救世济人，却不知得到恋华和这救世大愿有甚关联。

虽是在拖延时刻故有此问，可一旦心生疑云，便莫名不安，大有龃龉不合之感。毕竟这为问在诸人之中最是特异。名为习武之人却疏于内功，明明剃度出家却不忌荤腥，流于凡俗。虽在谈话中号称与泰隆相熟，但既非同门，直教人猜不透这两人究竟是什么关系。

到这个时候，紫苑双眉和脸颊间早已尽显疲态，只觉喉头干渴，体躯沉重，胃囊如绞，隐隐刺痛。虽然毫无食欲，腹中却早已饥饿难堪。只见窗外天色犹自晦暗不明，似已过晌午。一旦亲身感到时刻变换，肺腑间便愈加焦躁难安。

紫苑心下暗忖，既要觅得头绪，务须向为问直截了当问个明白才行。

第四回　庄周梦胡蝶

庄周梦胡蝶

胡蝶为庄周

一体更变易

万事良悠悠

乃知蓬莱水

复作清浅流

青门种瓜人

旧日东陵侯

富贵固如此

营营何所求

一

"为问大师，我想请教一事。"

"请讲。"

见紫苑的话音和视线中隐隐有挑衅之意，为问警惕地正了正身子。

"大师何以如此利用恋华？"

"……此话何意？"

见为问答话略有迟疑，紫苑料定其中必有隐情。

"大师不是说求取绝技是为'普济世人'吗？"

"不错，正是如此。"

"刚才大师说师父以恋华相托是暗喻绝技，不知这托付与救世有何相干？"

"既然是梁大侠爱女，所学必然广博，可与贫僧一同踏上这救世之旅。"

紫苑毫不停顿，又追问道："大师觉得恋华学过什么？"

"贫僧听梁大侠说，小姐学过礼仪、烹饪、药理、兵法。"

"是，这些全是爹爹和觉阿先生亲授。"

恋华如实道，神色甚是惶恐。虽说那句将她托付他人的话实非出自泰隆手笔，但心中仍颇为不安，脸色又转苍白。

"可纵使不是恋华，身怀这些技艺的姑娘却也不少，为何非要小姐不可？"

为问喉头一颤，随即面皮紧绷，横眉怒目，似是不想被人看穿心中念头。

"为何非恋华不可，请大师明言。"

见紫苑步步紧逼，为问再度挺起身子。看他身穿官服的模样倒是威风凛凛，不过也能瞧出他此时正在斟酌言辞。

"梁大侠早和贫僧有约，终有一日会将绝技倾囊相授。贫僧知他身有宿疾，时日无多，便一直与他通信联络。"

"你说他'时日无多'?"紫苑和恋华异口同声地问道，"为问大师，这话是什么意思？你说'时日无多'……究竟是怎么回事?"

"什么意思？难不成你们这些和他朝夕相处的弟子和女儿竟尔不知？梁大侠是得了重病。"

"哪有这事……师父呕血至今已有十年，从那时起他便摄生不辍。"

"毕竟已过去十年了，再染上其他恶疾也不足为怪，是也不是?"

"你说师父身患恶疾，可有法子证明吗?"

"有谁会随身带着别人患病的证据?"

紫苑无法反驳，只将拳头紧紧握住。为问所言不无道理，就算摄生调养也难保疾病不侵。

"恋华可曾知道师父身体有恙?"

"不，我完全不知，这些年来，爹爹大都把自己关在八仙楼里。"

"……也就是说，师父是不想被我们瞧见自己的病状了。"

紫苑暗想此事倒也像是师父所为，让弟子和女儿为其难受自非所愿。事实上师父说起身子抱恙，便只提到十年前的呕血。定是当时事发突然，无从掩饰之故。

"数年前梁大侠就曾说起自己身子不适。他自己既是医生，自当知晓应对之法，但即便如此也难长生不死。见事已至此，贫僧才和他相约终有一日要继承绝技。"

"那是什么时候的事？"

听了紫苑的问话，为问略一沉吟，随即答道："听闻梁大侠染病的消息大约是在五年前。同时信上还写着他要将毕生所学尽皆整理出来，创出一项绝技。因此起初贫僧收到那封欲在三人之中择一而授的信，才会如此困惑不解。"

"觉阿先生提出要让我出嫁便是在五年前。莫不是先生也知晓了师父的身体状况，所以才劝他将我嫁出去吗？"紫苑喃喃自语，随即把头摇了一摇，又道，"不对，如此一来，便解释不了他为何要给师父送酒了。"

泰隆自从胃疾发作后，就连药酒都戒了。还是说那酒根本就非饮用之物？

两只瓷瓶皆注满了唤作闷倒驴的烈酒。从信上所书的日期来看，送抵以后只过了不到一个月的工夫。只是不知这样两件大物是何时送进来的。

据为问所言，泰隆五年前便已身患恶疾。既然往来书信未尝断绝，那么觉阿先生知晓此事原本毫不足怪。之前泰隆还当着先生之面呕血不止，对方又岂会以这烈酒相赠？

文和突然插话道："且慢，先容我打断一下，有几件事想要请教。"

众人听他声色俱厉，齐刷刷将视线转了过去。

"大和尚和小丫头刚刚都提到了兵法，是不是有甚误会？我就明言了吧，这世间女子根本没有哪个会修习这门学问，至少这一带的姑娘根本不知这兵法究竟是什么东西。"

"有这等事？"

紫苑拜入师门时尚不满五岁，八仙岛上又无其他门派，连旅人也寥寥可数，是以对人情世故不甚了了。

"嗯，这倒也罢了，我有一事尤为在意。"

"那是什么？"

听了紫苑催促，文和虽是自己起的头，却似有难言之隐，他先顿了一顿，将手探进一头乱发之中，迟疑不决地叹息数声，半晌方道："我方才在楼下泰隆的书斋里瞧见了地图和棋子，难道是用这些在操演兵法不成？"

"师父常劝导我不可甘为寻常习武之人，又常说诗文兵法可滋养身心，开阔眼界。是以时常摊开地图，推演战阵。"

"所用地图就只有那一张吗？"

"不，还有很多，不过近来使用的便只此一张了。"

文和先是长吁一声，似在吐出胸中块垒，也不知是叹气还是懊恼，随后又道："这是临安府的地图。"

紫苑只觉一股湿寒直冲脊背。

这临安府正是京畿重地，大宋之都。本朝国都原在开封汴梁，却因无法抵挡金国挥师猛攻，是以有二帝北狩的惨祸，世称靖康之变。

在此剧变之下，一皇族之人得遇机缘巧合而幸免于难，于建康（南京）继承大统恢复宋朝，而后又南下杭州设置行宫，将杭州府易名临安，并于绍兴八年（1138）正式迁都，从此这里便成了大宋国都。

所谓临安，便是取临时安居之意，当世之人皆道终有一日必还于开封，"还我河山"的呼声一度甚是高涨。

但这还归故都的大愿终归是镜花水月，由于秦桧力主议和，至今仍是遥遥无期。非但如此，得益于江南土地肥沃，加之与金国互市得利，如今大宋繁盛已极，国人大都耽于现状。

"小丫头，你可知这便是临安府的地图？"

"……不，我未尝去过临安，只听说是某处的城池，还道是异邦的地图。"

"那么此城该如何攻拔？兵力几何？当用何种战术？"

"我操演的是以五千之众攻略此城。"

"只有五千？失心疯了吗？"

"先假设诸军在外征讨，都城守备空虚，我操演的是在此状况下如何迅速占据城池。"

"——那么，此事当真可为？"

为问探出身子问了一句，似是科举考官品评试卷的模样。

"首先需压制主将官邸和武库粮仓，取敌资以自用。再逼迫皇帝下诏罢免主将，以诏书夺取大将兵权。"

"这能行得通吗？朝廷岂不会拼死抵抗？"

"若是如此，便将皇族尽数挟持，逐一屠戮，逼迫朝廷交出玉玺。"紫苑语出惊人，面色却丝毫不改，"若有皇子在手，并不难让朝廷服软。只消说自己是清君侧以讨乱臣，无意觊觎大位，皇上自当将玉玺拱手献出。"

"明明长着一张俏脸，谁知竟是如此令人恐惧的家伙！"

"我方寡不敌众，兼补给无望。一闻有变，外军自当星夜赶回，实是刻不容缓，没时间举棋不定。"

紫苑所言自是合乎兵法，《孙子》有言道：

　　其疾如风，其徐如林，侵掠如火，不动如山；难知如阴，动如雷震。掠乡分众，廓地分利，悬权而动。

"如是稍有犹疑，我军难免损失惨重。既然暴起一击，便是战必胜攻必取，绝无和局之说，更不可僵持不下。若非大获全胜一战成功，便唯有全军覆没横尸就地而已。"

"这不正是高平陵之变的阵势吗？"

曹魏正始十年（249）一月六日，魏帝曹芳为参谒先帝陵墓，携大将军曹爽前往高平陵，洛阳守卫一时间甚是空虚，等候时机的司马懿早已准备万全，遂与长子司马师、其弟司马孚大举起事，以约五千兵力占领了国都。

而曹爽军虽坐拥六万之众，却因归路被断而补给不支，只得拱手而降，后惨遭屠戮，三族被夷。·

"泰隆是在教导徒儿攻陷都城？这家伙在打什么主意？"

"为何这么说？"

"这也太没分寸了！就算是为教你兵法，万一走漏了风声，免不了要遭刑戮之祸。"

文和一面做出绞死的模样，一面诙谐地吐了吐舌头，恋华见到那副优伶般的怪相，觉得甚是滑稽，终于"扑哧"一声笑了出来。

紫苑心下稍安，暗自将至今为止的讯息梳理了一遍——

暗喻岳飞和秦桧的一对瓷瓶。

师父与觉阿先生的往来书信。

兵法。

临安府地图。

紫苑脑海中疑念陡生，骤觉脊背一凉，脸色渐转苍白。虽一时仍未理解完全，却仍以本能觉察出其中凶险。一时间有种被深渊吞噬的惶悚不安，胸中惧意如黑墨晕染开来，令人急欲奔逃，心口如裂开般疼痛甚剧，却隐隐有激昂之感。

紫苑摇了摇头，似要驱走这非非之想，可贯彻始终的理智却说什么也不肯将这一念放脱，于是便出声问道："师父究竟所谋何事？"

眼见为问脸颊微微一动，紫苑又岂能置之不理，忙又问道："为问大师，事到如今，我仍有一事不明，敢问大师和家师到底是什么关系？"

"你问这个作甚？"为问眉头一皱，脸现疑惑之色。但在紫苑看来却是故作平静。究竟是心怀疑窦而固有此念，还是事实如此，眼下仍是不知。

"我只听师父提过要将足堪托付的三位大侠唤至此处，将绝技授予其中一人。蔡前辈与乐前辈是家师同门，也是至交老友，却不知为问大师又是什么？"

"贫僧是梁大侠的故友，相交已逾廿载，不过我们极少会面。"

"大师是家师的同伴……是也不是？"见为问眉毛往上一挑，紫苑又道，"当知道大师既不会泅水也不会轻功，蔡前辈便说这岂不是对你有利，记得当时大师说的是自己'被诬杀害同伴，没来由地遭人猜忌，现下又被囚在此处，有利什么来着'，是吗？"

文和支起身子，点头同意道："没错，我也是记得大和尚的确说过这话。"

祥缠也兴致勃勃地望了过来。

"从各位往来书信和与家师的对话之中，分辨出究竟谁是熟人谁是老友，原非难事。但这'同伴'又是何意？这话听来倒似有什么非比寻常的关系。"

"便是行走江湖的同伴之意。"

紫苑阖上眼皮，只把头甩了一甩，两边的三股辫随之轻轻晃动。

"要说是武林中人，为问大师又似不甚了解这些江湖规矩和武功家数，关于绝技，只看了那段以恋华相许的文字，竟无丝毫疑问便认可了。"

"此言甚是，通常说起绝技，总该想到传授什么武功招式才对。"

文和连声附和，为问却始终一言不发。

"大师若不愿多言，那我就继续说下去了。"

紫苑嘴唇轻颤，屏息环视众人，打定主意要将那句石破天惊的话说出口去。此番虽于师名有损，但既不想放脱杀师仇人，便决计不能假装没有瞧见。

"师父是打算倾覆朝廷吧？"

莫大的冲击下，屋内的气氛随之骤然一变。

若是被人驳斥也不妨事。紫苑倒是希望能有人出言辩驳，自己便能暗中查看对方神色，据此谋虑下一步策略。哪怕此言当真大谬不然，也能迁延时刻以恢复内力，可是——

"你为何会想到此节？"

为问向来对没来由的指责只会横眉怒斥，此番竟突施反问，紫苑才知自己的想法并无错谬。

"自然是因为师父操演兵法用的是临安府的地图，此前他也曾教我攻拔各种城池营垒的方略，想来这些也是真实存在之地吧？"

"这话也未免太轻率了！操演如何攻取临安府，就是想倾覆朝廷吗？"

"首先任凭你智计绝世，手上没一兵一卒又济得甚事！就好像把龙的本事教给了狼，狼又岂能用得出来——啊，是了!"

文和似乎想到了什么,不由得将披散着乱发的头向后一仰。

紫苑点了点头,又道:"为问大师的寺庙里可是有僧人三千?"

出家人沉迷武学实属寻常,当世便有嵩山少林寺、终南山全真教等以武驰名的僧道宗派,若要藏匿私兵,寺院道观便是绝佳的所在。

"怕是市井之中也有同党,寺庙仅靠你们这些和尚原本难以为继,自须有人在周围打点护持才是。如此一来,兵力自然可以确保。"

"这又如何?就算小妮子所言字字不虚,如此便能倾覆大宋了吗?"

"自是可以。"紫苑随口否定了祥缠的辩驳,随后又道,"确切说来,只要万事俱备便可为之,何况如今诸般条件已然渐渐成熟。"

"什么条件?"身穿官服的为问目光锐利,向紫苑直射而来。眸子中丝毫不见震恐疑惑之色,反似大感兴趣。

"便是北边的蒙古。"

"……是说信上所记的蒙古铁剑?"

“听说蔡前辈在蒙古待过两年，这‘铁木真’三字是何含义，前辈可知晓?”

忽听到紫苑报出这当今草原霸主之名，文和不由得呆了一呆，屏息片刻，说道：

“乃是‘上好镔铁’之意。”

这话甚是耳熟，有道是上乘镔铁所铸、龙吟绵长的蒙古铁剑，正是泰隆给觉阿的回信中的一言。

“觉阿先生所言的蒙古铁剑，说的正是铁木真，师父已与蒙古勾结。”

众人震惊之余，一齐失语。

屋内气氛甚是紧绷，令人室闷难当。虽说呼出的尽是白气，但各人早已忘了严寒，将身子绷得笔直，不敢放脱紫苑说的每一个字。

这时恋华倒抽了一口凉气，养父竟被心爱之人指为卖国奸贼，心中早已乱作一团。

她自是盼望此言不实，为问却并不反驳，只是将目光直直地投向紫苑，威严殊不可犯，便是刑部尚书犹有不及。

紫苑继续说道：“方才各位也说过了，韩侂胄正积极备战，远征在即。如此一来，临安岂不是要守备空虚。”

“难不成便要突袭此处?”文和的声音愈加严厉。

"蒙古诸部现已尽归铁木真麾下，可以随时挥师向南攻伐金国，恐怕大宋也会北上呼应。"

近来宋境上下厉兵秣马、剑拔弩张，无疑是要大动干戈。何况如今主战派韩侂胄身居平章军国事之位，绝无可能北联金国以拒蒙古。

"我也不知师父是否真通了蒙古，只是攻入临安的绝好良机应当就在近日。"

三军远征，城内自然守备不继，若依司马懿之法施为，一鼓作气攻陷京城并非不能。

"岂能如此便宜？就算在地图上演习熟练，也未必能驱策千军万马。"

"晚辈确实未曾指挥过一兵一卒，迄今为止的战法，不过是纸上谈兵而已。"

为了此事，她还和师父抱怨兵法百无一用，甚至还说与其研习此物，不如多练一门武功，这时泰隆往往以修习兵法可开阔眼界的说法告诫于她。

如此开阔眼界，却令紫苑窥到了绝不愿瞧见的东西，如今所言全都佐证了师父企图颠覆朝廷之事。

"最初的谋划，当是师父挂帅，我从旁辅佐。"

"因为爹爹身患重病，所以不得不有所变更……是吗？"

"又或者哪怕功败垂成也不打紧。即便拿不下都城，也可借此四处攻城略地，举国势必大乱。如此一来，蒙古刚好可以凭借灭金余威，一举荡平大宋。"

"那便是要亡宋了……所以说泰隆意图颠覆大宋朝廷吗？"

"若非侵夺江山，只图覆亡大宋，如此便足够了。倘使功成后大权在握，便可与蒙古缔结盟约。"

"不过是推想而已。"

"不错，这只是我的推想。但瞧这信中所书及诸般情形，想到此节却也不难。"

"这话未免太穿凿附会。"

"若是如此，当真再好不过。"

紫苑言语犀利，就连存心调侃的祥缠都不由得暗暗心惊。

"可是为问大师却未辩驳一言。"

众人的目光一齐落在了为问身上。文和急不可耐地探出身道："大和尚，究竟怎样？小丫头说的可是真事？"

虽说他听了如此荒唐之言自是吃惊不小，目光却异常锐利，不容半分欺瞒诳诈。

一直默然倾听的为问，终于缓缓开口道：

"既已被你勘破，再隐瞒也是无用。"

　　紫苑寒意陡起，就似被人以冰冷的手掌抚摸脊背一般。这内功不济的僧人，自己从未放在眼里，如今却笼罩着一层来路不明的阴森之感，眼光锋芒毕露。

　　"正是如此，我等僧众正与铁木真合谋，为灭金亡宋而四方奔走。"

二

　　"苍女侠所想大致不错，贫僧在寺里藏匿了三千余众对宋金两朝怀恨于心的死士。当然并非聚在一处，而是散布全国各地。"

　　不愧是寺中僧人，发问话音洪亮，流利畅达，倒似在讲经说法一般。举手投足间极为自信，非问心无愧之人所不能有，令紫苑隐隐约约感到畏惧。

　　"再加上从旁协助之人，约有五六千之众。以廿载寒暑之功，负责聚拢收编这些人的正是贫僧。"

　　接着发问话声骤然一转，似欲娓娓道来。或许身着官服之故，倒依稀有些上奏进言的模样。

　　"陈大人则在庙堂之侧搜集政论世情，有时也与蒙古通信联络。"

　　"连觉阿先生也……"

紫苑虽已隐约猜到，但再度听到这样的消息，心中仍是吃惊不小。谁料想那个慈父般的书生竟担当了如此天大的图谋。

然而这并不足怪。觉阿先生虽是进士出身，却不愿在朝中为官，这才开了私塾。恐怕自那时起他与泰隆便有此谋划。或许连举事的本钱也出自觉阿先生，既是当朝进士，募集钱财想来并非难事。

有道是"三年清知府，十万雪花银"。哪怕仅开设私塾，只要是出身进士，门生自是络绎不绝。

此外，似这般考取了功名的人家便是官户，身兼诸般特权，免徭免税、以钱抵罪等等，都不在话下。

正因为如此，世上再无什么生意比考取功名赚头更足，所以有常言道"升官发财"。

紫苑从未见过觉阿先生穷侈极奢的模样，就连爱女萧明出嫁，也是极其朴素，绝无半点靡费。若将所蓄钱财都用来图谋大事，倒也说得过去。

"梁大侠在我等起事之日，本该作为我等头目统帅义军。这攻拔都城之法尽是泰隆所谋，据说他也为此栽培心腹，为防走漏消息，并未告知我培养的是弟子还是女儿。"

"当真与高平陵之变一般无二。"

司马懿谋事之际，十余年中阴养私兵三千。当时藏匿私兵乃是谋逆死罪，一旦败露便要夷灭三族。因此唯有长子司马师知其所谋。其余诸子和弟弟司马孚都是起事当日才知其事。因此也有司马师才是幕后主使一说。

"话说你突然饶舌了不少呢。"

"既然事已败露，与其平添误解，还不如推诚布公，向各位挑明便了。"

"若我等走漏了风声又该如何？计划不就败露了吗？"

"届时苍女侠和梁小姐皆将作为同谋而被通缉，毕竟她俩是泰隆的弟子和义女。"

祥缠美貌之下尽显刻薄之色，冷笑道："原来如此，是觉得我俩必定不会走漏消息嘛。大和尚，你想得倒是挺美。"

一双纤目直刺过来，竟似碎冰般锐不可当，为问不由得嘴唇一颤，又道："这不只为了贫僧，更是为了实现梁大侠和陈大人的夙愿，我也知多少有些卑鄙。"

如此胁迫似是有了成效，就连向来旁若无人的祥缠，此刻也只能懊丧地紧咬玉齿。不知是出于同门之谊，还是与泰隆自幼交好的缘故，虽说初见只在昨日，她却无意舍下紫苑和恋华，但见她将手轻轻探入袖中，整张脸遽尔布满了杀气。

"就算杀了贫僧也不济事。为了防备不测，贫僧早将后事交代给了心腹，连梁大侠弟子和女儿的名字也一并告知，所以你杀不了我。"

祥缠狠狠地"喊"了一声，将藏好的飞刀取在手中，一面把玩，一面斥道："但眼下泰隆已被人毒死，不会是你为了夺取起义军首领之位，才下手杀了他吧?"

"说什么蠢话!"为问勃然大怒，往地上重重踏了一脚，喝道，"梁大侠是我意气相投的同伴。全是因为有德有能，才被推举为首领，但我等并无上下之别，平时情谊甚笃，哪怕不信也由得你。但如今起事在即，我又焉能把他害死!"

为问其势汹汹，转身面向紫苑，口中说道："适才你问贫僧和梁大侠是何关系，好，那就把我和梁大侠相遇的情形说与你听。那时贫僧虽哀叹仅凭念佛诵经无以济世，却也不知该如何才能救万民于水火。正是梁大侠为蒙昧的贫僧指了一条明路。"

三

据本人所言，这为问和尚俗名贾骏，生于临安。父亲在朝中为官。但在其出生后只过了一月，父亲就因触怒秦桧被下狱处死。家产籍没入官，举族被逐出临安，千辛万苦来到扬州。贾骏从小到大，所听的皆是族人对秦桧的嗟怨痛恨。

其六岁时秦桧病亡，贾家仍不愿迁回临安，一直在扬州寒苦度日。

谁料想变故又至，绍兴三十一年（1161），金国海陵王完颜亮入寇边境，复启战端，世称采石矶之战。值此兵荒马乱之际，贾氏全家随军南下至临安避难，但祖父母年事已高，不堪长途颠簸之苦，竟于途中病故。

待金兵退后，举家仍不见容于此地，复又被逐出临安。未及扬州，其母已身染重病，殁于半途。此时贾骏只是十二岁的少年。

之后贾骏饥饿难熬，晕在路边，被偶然路过的僧人救起，总算保住了一条性命。为问感念佛陀慈悲，遂落发出家，念佛修行。

因他自小便听惯了对秦桧的詈骂怨毒，是以常恨若天不生秦桧，自己又岂会一生苦命。于是寺中住持便依着"莫问出生，但问所为"的偈语，赐予他法号"为问"。

之后为问为了报这收容之恩，兼生性要强好胜，日常修行劳作甚是用心。同时也修习拳法强身健骨，到了十八岁那年，已是寺中第一流的高手。

然而世事无常，一日寺庙竟遭金人焚毁。只因为问外出替寺院采办食料，归途中发现一个恶汉意图袭击女子，未暇细想，便出手将其击倒。或许是不小心正中要害，竟将恶汉立毙于掌下。

虽说是一心救人，却不意犯了杀戒。为问一时间懊丧不已。但被救女子甚是感激，寺中僧人也以为惩恶扬善，褒扬其功。

翌日，恶汉之兄纠集手下，一把火将寺庙烧成平地。

死于为问之手的恶汉正是金国商人，乃是深受宗室器重的豪商，生性好恃财欺人。其兄见族弟死于非命，自是恼恨之极，于是带领家丁将寺院放火焚毁。

为问虽费尽周折设法逃离寺庙，但寺中僧众大都死在了烈焰之下。

善因善果，恶因恶果。因果报应本是佛陀教诲，但此事又该算作什么因果，为问至今仍是不解。

是缘于自己行事鲁莽，失手杀人吗？若是如此，为何己命尚在，死的却是无辜旁人？若对那女子袖手不救，倒是善举了吗？那个金人又会种下何等恶果呢？或者根本全无报应？

当然若是自己能救下女子又不坏了那恶汉性命，自是再好不过。但彼时为问出手全无轻重，并非有意害其性命。那么难道自己竟该对女子不管不顾？可若当真如此，自己岂止失却了出家人的慈悲之本，就连做人的为善去恶之道亦将不存。为问也不知究竟该如何是好，唯有向县令和知州勉力申冤。

可这桩事情最终却以失火了结。这些地方长官自是无法当真赴金国查案，倘若贸然跨境拿人，极有可能挑起两国边衅。

为问痛恨纵火恶人和朝廷庸官，对宋金两国怨诽日深。然他并未丧失心智，仍时时告诫自己憎恶怨怒全然于事无补。但心中痛恨哪能轻易消弭，便只能深陷于怨艾的念头中而盘桓不定。

从此，他便觉得唱经念佛难以普济世人，为了增进修为，为问独自游荡四方，遍历全国，同时继续精研拳术。

某一日，他接了镖局的差事，在护卫马车时遭到山贼袭击，身负重伤，创口及骨，甚是凶险。所幸此地离临安不远，即刻为他觅得了一位德高望重的良医。

那名医生瞳色重碧，当有异邦血统。一问之下，才知这位医生的父亲来自绝域基辅罗斯，为了行商履践中土，在临安对一女子一见倾心，两情相悦，然后便诞下了这位医生。其父的名字原唤作安德里·利亚申科，如今已自改汉姓为梁。

这便是为问最初见到泰隆时的情形。

听说他成婚已有一年，新得一女，却因为某事被迫迁出久居之临安，即将前往襄阳。原本今早便要起身，但恰好为问被人送至此处，官府请他医治，便独自耽搁于此处。

为问一时大惑不解，难不成偌大一个临安府便再无其他良医了吗？正好治伤时疼痛难熬，便以此相询，还笑称莫不是他的医术已经冠绝临安，泰隆这才道出了真相："实话说，我本不欲理会这官府嘱托，打算先行离去，却遭了夫人的斥责，说我既为医生，便该尽到本分，此番见死不救，又怎能配得上医者的名号，岂不令初生幼女蒙羞？难不成今后打算告诉她，你爹爹是个对重伤之人袖手旁观的卑鄙小人吗！——我这夫人，当真可怕得很。"

被妻怒叱竟还如此快活，颇有几分惧内之相，为问对这两人的关系颇为羡慕。

泰隆的医术也当真精湛，初次瞧见他使出裁缝般以针线缝合创口的手法，为问大受震动。此法原是西人所创，应是泰隆之父从故国基辅罗斯带至中土。伤口一经丝线缝合，鲜血登时止住，不日即已愈合。说起这治伤之法，为问所知无外乎药石针灸而已，是以大开眼界，只是缝合时疼痛甚剧。

此时泰隆已名满江湖，在得知为问浪荡四方，并无栖身之所时，便提议同行，直至伤口痊愈，甚至以雇佣保镖为名，给了他不少盘缠。双重的恩惠让为问愈加羞愧难却，翌日便与他起身去了襄阳。

就在途中，两人找到了惨遭屠戮的岳父一家，妻子桂树和幼女自不必说，就连岳父岳母、内弟弟妹，连带着诸子和家仆都成了刀下亡魂。

岳父在朝中属于主和派，而且与当时的硕学元老、道学大儒朱熹过从甚密。而朱熹一派在朝中甚是被疏离。

朱子言行往好里说是清正廉洁，往坏里说却是昂头天外不着实地，并非人人可为。孔子有言曰"水至清则无鱼"①，可正因为朱熹乃是儒学名宿，并非一介书生，故而极难行践孔子教诲。

更何况当时朝中主战派初得倚重，骄横跋扈的武官和这些能言善辩的宿儒势同水火。即便如此，朱子一派根深蒂固，却也万万小觑不得，是故翦除羽翼已成必然之势。泰隆岳父也不免大受冲击，为了区区小事便遭饬过，左迁外调，被逐出京城，在途中尽遭屠戮。诸般灾虞，无疑皆出自主战派的手笔。

在距离京畿不远的去处，将一个大户人家满门良贱杀得干干净净，就连家仆也不曾漏过一个，显然非寻常山贼野盗

---

① 此句出自《大戴礼记·子张问入官》，意为水太清了，鱼便不能活，喻意为待人处事不可过于苛刻。——责编注

所能为。现场更是足迹纷沓，不知有多少人马，而官府却不加调查，认定是强盗拦路抢劫，杀人灭口。

就连泰隆被耽搁在临安也是有人刻意安排的诡计。恰好此时有人负了重伤，便不顾临安城中医生众多，强行将武功高强的泰隆诓了过去。

泰隆当时已是成名的大侠，正如文和所言，无论来了多少奸人，也定然会被他击退，就算举家难以全活，起码可保妻女无虞。

刚好为问创口甚剧，也让泰隆打消了疑虑，毕竟这缝合伤口的手法确是他人所无。

泰隆只是一介医生，并无一官半职，即便幸而未死，想是那些主战派对他并不十分忌惮，不料却错了一招。此时泰隆心中又恨又怒，便先下手擒住了查案官员，一通拷问之后，终于问出了全部真相。只是那并非寻常拷问，而是泰隆竭尽心智，集医术、武道之所能百般拷打，场面凄惨之至。

泰隆先使出点穴手法令其动弹不得，挑断双足筋脉以防逃脱，拔出舌头以噤其声，再依次剥去左手指甲，以木槌缓缓将骨节敲为齑粉，只剩下一只右手完好无恙，待赃官录下详情，再将其一刀斩断。

之后泰隆根据供词，将屠戮妻子满门的凶徒一一擒住，复又使出一样的手法拷问致死，还对凶徒施以黥刑，在脸上刻下墨字。可即使戮尽行凶之人，泰隆的怒气仍未平息。

为了捉拿幕后主使韩侂胄，泰隆先绑走了几个主战派的官员武将，依法次第诛戮，一时临安人人自危。若是官军一拥而上，泰隆原难抵挡，但似如此逐一将仇人擒获杀死，却如宰鸡屠狗一般。

这时为问劝住了泰隆，道是纵拨尽黑云，世道仍幽暗如故。何况这韩侂胄身居高位，实难以下手，想要避过护卫潜入相府，任泰隆武功再高，也难免力有不逮。泰隆只得含恨放弃，此后舍却故乡四处漂泊，终于抵达了为问觅得的八仙楼。尔后以此为基业，谋划复仇大计。

韩侂胄等人既擒不住泰隆，又不能将自己所犯种种恶行公之于众，只得隐去此事，秘而不宣。且因此事并未波及市井百姓，是以再也无人知晓。就连泰隆的父母亲妹，也不知其中的原委曲折。

自泰隆离京隐居后，以朱子为首的道学一派接连失势。距今十年前，韩侂胄自忖已不必隐忍，遂将朱子之学斥为伪学，大肆弹压朱子一派，将其尽数逐出朝中。

就这样，泰隆的妻女亲家，尽数殒命于朝廷党争之中。

与此同时，为问又因一己之故令他人惨死，心中创痛甚巨，只道自己不仅间接害死了寺中同伴，还累得恩人妻女惨死于奸人之手。

四

"臭和尚，原来是你！"听了为问的自述，文和猛地抬起腰来，颤声道："桂树遇袭身死之时，把泰隆耽搁住的病人，便……便是……你吗？"

但见他喉头哽咽，泣不成声，全身乱抖，双眼布满血丝，素来的超然宽和全数抛诸脑后，毛发根根竖起，似已灌满了杀气。

"'烈风神海'，你恨极了贫僧，是吧？不错，你的心上人便和死于贫僧之手没甚分别。"

为问的话显然并无意挑衅，倒不如说是哀戚之甚。因为自己的过失两度害死人命，郁结之气似要从身上溢出。

然而文和原本就热血如沸，听了为问这话反倒愈益恼怒，猝尔化身为汹涌而至的山洪浊流，转眼已欺近为问跟前。

众人皆不及反应，待瞧清楚时，文和一手已抓住为问衣领，轻轻地举了起来。

"作死吗？臭和尚！"

文和手捏剑诀，绷紧臂膊，照准了为问心口，手指如激流般扑将过去，拳风裹挟着劲力传至为问身上，将衣服掀起阵阵波浪。

可这一指就在触及官服之际骤然停了下来，文和用布满血丝的双眼朝为问狠狠地瞪了一眼，把嘴唇咬得鲜血淋漓，似在强咽怒火。

……突然之间，文和浑身力气全失，身子一软，说道："生死之事，原就难明。我并无找人寻仇的资格，只是畏天知命，却也未能开悟到如此境地便是。"

为问悬在半空的脚终于落到了地上，文和无精打采地正了正衣服，又道："对不住了，这也算不得和尚的过错，我却又似迁怒泰隆般加罪于你，当真糊涂得很。实在对不住，说什么视死如归，好不糊涂。"

文和连声谢罪，祥缠上前一步，轻抚他的后背。为问瞧见他垂头丧气的模样，似乎吃惊不小，看来是早存了受他重手之心，同时瞧见他如此率真，却也心生羡慕。

如此轻易地认错并自曝其丑，为问自忖难以办到，想来泰隆也是不能。

"自从那一日起，梁大侠就性情大变。贫僧与他相处虽只不过数日，也能轻易瞧出端倪。当梁大侠给贫僧治伤之时，原本豁达爱笑，之后却时常为了些些小事大发雷霆，再也见不到他的笑脸了。"

这也难怪他不肯善罢，明明毫无过错，却连初生的幼女都惨遭横祸，皆因朝廷暗昧，自可想见泰隆定然怒气冲霄。

豁达爱笑……对紫苑而言尽是难以置信的评价。

无论何时，泰隆都是一脸严肃的模样，甚至只能以细微的变化来窥见他的情绪。但听闻了刚才这些缘由，却又觉得这是无可奈何的事情。

"所以师父他……"

紫苑茫然失措，颤声说道：

"所以师父便要倾覆朝廷了吗？"

"不错，泰隆之恨便如贫僧之恨，从那日起，我等便决意灭了这专横跋扈之朝廷，助力重建一个强大的王朝，这便是我等的夙愿。"

"难道觉阿先生和朱子也交情深厚吗？"

"正是如此，同时陈大人也与梁大侠的岳父过从甚密，对这一连串的事情自是愤慨之极。但他妻子早亡，女儿年龄尚幼，为保平安，只得弃官隐居。"

觉阿先生自称身在朝中不合心性，原来是为了此事。

"然后便开始了这倾覆朝廷的惊世大谋。"

泰隆等以远超寻常的执念，居然隐忍二十余载，就连弟子紫苑和义女恋华竟也没能觉察，可说是瞒得滴水不漏。若司马懿至今尚在，又当作何评价呢？

"可师父却患了重病。"

到了这步田地，这绝技究竟是何所指，非但是紫苑，各人均已了然。

覆宋之策。

觉阿往来书信的内容。

以宋境各地的地图操演兵法。

不传弟子紫苑，却拟另授他人的绝技。

为病痛所困的泰隆本人。

"所谓绝技，岂不就是我自己……"

紫苑口中嘟哝，脑海里已翻腾起各种各样的念头。

——自己只是复仇的工具吗？

拜师之后的记忆次第在心中被唤醒。师父督责练武极其严苛，若非将自己视作弟子，而是当作工具使用，便尽能说得通了。他毫不在乎紫苑鼻青脸肿，鼻血横流，筋骨几断。这些并非偶然，全是有意为之。

那严厉下的些许温情，难道是自己误会了吗？

"师父将我收入门下，难不成也是为了复仇？"

听到紫苑这声独白，众人尽皆不敢直视于她，就连恋华也不例外。这般心境难以付诸言语，只觉得双肩似有千钧之重，仿佛师父的遗体沉甸甸地压将下来。

不过泰隆遇害的缘由，此刻已昭然若揭——

"师父定是被设法遏阻图谋之人害死的。"

最终回　临路歌

大鹏飞兮振八裔

中天摧兮力不济

余风激兮万世

游扶桑兮挂石袂

后人得之传此

仲尼亡乎

谁为出涕

一

白雪藏声声不发，八仙遁幽幽满楼。

屋内气氛甚是紧绷，纵使一根细针落在一里之外似也能听到。

也不知是谁的喉中咯咯响了数声。

文和斟酌词句，小心翼翼地说道："当真惊世骇俗，不愧是师兄。虽说佩服此事并非我本意。"

"若果真是如此，为问大师便绝非害死爹爹的凶手了。"

听了恋华的话，为问心中似有千端万绪，唯有紧咬口唇默然不语。

他和泰隆一同谋划这覆国之策，自不愿功亏一篑。此番纵得洗脱嫌疑也殊无快意，只是将悔恨深深地镌入眉间而已。

"正如我之前所言，他有可能是想害死泰隆，掠其谋事之功，如何？"

为问正欲勃然变色，紫苑抢在前面否定道："为问大师早就知道师父身患绝症，若想取而代之，只消多挨些时日便可。又或者等谋划成功，再行动手也不迟。"

"二十年，二十年了！"为问抬起一脚，重重踏在地板上，声音里怒气大炽，"适才蔡大侠将我等所为比作高平陵之变，那也只是十年之谋，我等已苦熬二十余载，又岂会为这不打紧的浮名坏了大事！"

为问心中的恨意远甚绝望，就连声音也不住颤抖。

"泰隆所谋之事还有谁人知晓？"

"……这个我尚不知晓。"紫苑将两条三股辫晃了一晃，把话说得谨慎万分。

"小丫头，你说的尚不知晓又是何意？"

"且让我等从头至尾，依次捋一遍试试。"

以传授绝技为名，师父唤三人来此。

师父死于毒药。

根据遗体情状，当是死于罢宴后的一个时辰以内。

清早进膳时，发觉小船系在八仙楼一侧。

此处能施展轻功渡湖之人，唯泰隆和紫苑两人而已。

师父遇害之时，自己正和恋华同在一处。

一柄匕首没入师父腹中，刺中之际未见打斗迹象，也不曾用过飞刀手法。

师父已患不治绝症。

"贫僧越想越是不解，似梁大侠这般人物，怎会如此轻易服下毒药，又怎会被人刺中小腹？"

为问以手扶颚喃喃自语，瞧此模样，似是觉得自身已无嫌疑。

"若说是刺了师父的人，我从一开始便隐隐猜到了。"

紫苑淡然地说了这话，现场登时寂若死灰，接着耳旁又传来轻轻一声叹息，只是细若游丝，不知出自何人之口。

"从一开始？你明明知道，却故意不说？"

"不错。"

"胆子可真不小哇！"

祥缠笑如棘刺，声如冰刃，劈头盖脸地打在紫苑身上。一旁的三人见祥缠这一怒非同小可，皆吓得面无人色。

祥缠缓缓靠近紫苑，每走一步，脸上利刃般的寒意便增加一分。

"小妮子可是成心的?"

在嘴唇似乎就要碰到般的距离,祥缠的声音宛如毒蛇般缠将上来。

"把我们吓得惊慌失措,你好暗中取乐不是?"

"前辈误会了,我可没这等嗜好。"

紫苑毫无惧色,挡在了怒气大盛的祥缠面前。若要心中全无惧意也委实不能,在此内力未复之际贸然动手,只怕会被打得落花流水。饶是如此,紫苑仍执意针锋相对,只因但凡稍露怯意便会立处下风。而祥缠周身上下笼罩着杀气,显是容不得半分含混。

"那便请小妮子说个明白,到底是何人刺了泰隆?"

紫苑点了点头,缓步走上前去。但见她避开祥缠的怒气,从提心吊胆的文和跟前穿过,对静观其变的文和更是不瞧一眼,只是凝望着惊惶不安的恋华,说道:"恋华,将匕首刺入师父身子的,是你不是?"

谁也不曾料到紫苑竟出此言,气氛登时凝固,一时间楼内万籁俱寂,时间仿佛停滞一般,听不到半点呼吸喘气之声,就连祥缠似也大感意外,只得静待事态变化。

而那位被直呼其名的少女眼见遭人怀疑,长长的睫毛随着稚气犹存的面颊瑟瑟抖动。

而后，寂静终于为恋华的一语所破——

"且慢，紫苑姐姐，我的嫌疑应该都已洗清了吧?"

这话说得极其恳切，好似身患热症求取清水一般，紫苑却万般沉痛地应道："我早瞧见你的衣裳下摆都湿透了。就是在你将粥端了回来，说小船系在八仙楼的时候。还记得吗?"

"这又算什么呢? 那是我在雪地里行走，把衣裳弄湿了呀。"

"似这般极寒天气，从宅子到栈桥往返一趟，雪又岂会融到连衣裳都濡湿了?"

恋华难以辩驳，樱唇兀自抖个不停。

"更何况这雪细如粉末，踏进宅子前早该落完了才是。要想被雪沾湿，非在湿雪中行走不可。"

紫苑又望了眼窗外，四周尽是清清爽爽的新雪。此刻犹如抖落的脂粉般从空中簌簌而落。

"……"

"你若不信，待会儿不妨实地走上一遭，看看要多久才能将雪焐化沾湿衣裳。"

见恋华愈加作声不得，紫苑又追问道："你瞧见那船停在对岸，便直接过湖了吧？"

"且住！此事岂可做得？"出言辩驳的并非恋华，却是文和。

"姑且不论这衣裳下摆和雪的情状，稍后查证一番便知端的。你刚才是说梁小姐自行过了湖？她不是不会轻功吗？"

"不错，只有我和师父会以轻功渡湖，只是——"紫苑终于把心一横，将一直隐瞒的真相道了出来，"这湖里打入了修习轻功所用的木桩。"

在场的三侠尽皆瞪大了双眼。文和最先扑哧一笑，说道："竟被你诓过去了，万料不到竟有此物……如此一来，只消知道这圆木的所在，哪怕不会轻功也能往来湖上，是吗？"

"因为有此大雾，所以便望不见圆木了。"

文和笑容未敛，为问却已满脸凝重地说道："如此一来，究竟是谁害死了梁大侠，嫌疑之人岂非大不相同了吗？"

至今的种种辩论，皆是以船系在八仙楼畔，以及紫苑以外的诸人都不得施展轻功渡湖为前提，紫苑也借此打消了恋华的嫌疑。只因眼下内功全失，无从守御，哪怕怀疑到了自己身上，也只能竭力隐瞒到底。

"贫僧原先只道苍女侠最为可疑。或是我等谋划败露，你和梁大侠为此起了争执，才会有此大祸。可若不使出轻功便可渡湖，各人便都有了嫌疑。"

"但前提是必须知晓这圆木所在的人才行。"

"就我所知，便只有家师、恋华、觉阿先生、萧明姐和我五人而已。"

而陈觉阿和萧明居于临安。

"我自然是不知道的了。从十八年前和泰隆反目以来，便再未谋面，就连书信也没通过一封。"

紫苑暗忖这话无可怀疑。在师父房中，非但寻不见文和的往来书简，就连祥缠也是如此。虽说这做不了不曾联络的证据，可一旦疑心起来便没完没了。只能在此前提下继续计议，直至出现龃龉不合之处再行酌量。

"此事贫僧也委实不知，虽说就算这么讲，各位也未必相信就是。"

"不，我信大师的话。"

见紫苑点了点头，恋华气呼呼地瞪了过来："紫苑姐姐，你不信我的话，却轻易便信了外人，又是什么说法？"

"恋华……我心疼你唯恐不及，哪怕全天下都不信你的话，我也只信你一人。"

"那你——"

"可我已经知道你说了谎，若仍相信，那便算不得信赖，只是愚昧而已，对你也有害无益。"

恋华眼角含泪，只能拼命忍耐。

"为何小丫头断言这和尚当真不知?"

"请回想适才乐前辈将为问大师抛入湖中的情形。"

就在今晨，当听到为问自称不会轻功也不识水性时，祥缠为辨真假，顺手将他摔入湖水之中。

自那以后过了约莫一个时辰，不知是一直待在这八仙楼中，还是暗云蔽空之故，时刻已然拿捏不准。

"不错，那会和尚淹在水里，是我将他钓上来的。"

"此间相邻不远便打入了一根木桩，其余木桩遍布全湖，大师若当真知晓，在这生死攸关之际自会抱住。"

为问回想起落水时的情形，魁梧的身躯禁不住抖了几抖。当时他几乎溺毙，虽不欲走漏了和泰隆之间的机谋，但倘若当真知晓，定然会拼死抱住圆木。

"雪地上只留下了你一人的足迹，船系在八仙楼一侧，其余三人都不知湖中打有木桩，即便使上轻功也纵不得如此之远，那便只能是你了。"

"竟然行刺养父，怎会有如此恶女!"

"我没有杀爹爹!"

"不错，师父不是你杀的。"

听紫苑若无其事地说了一句，为问再也按捺不住，怒斥道："从刚才开始便是如此！说的话净是颠三倒四，不知所谓！"

"我说的是我知道是谁刺了师父。"

"所以就是刺死泰隆的人吧！"

虽然只差了一字，意思却大相径庭。

"你用匕首刺中师父之时，他已经去世很久了，是也不是？"

恋华只是不置可否，为问见状，急不可耐地问道："梁大侠不是先服了剧毒，再被人刺死的吗？"

"师父被刺中之时，身子已经变凉僵硬，大约便是在今晨。因为若是腹部中刀，只出这点血未免太少。"

"你从何知晓？又是那什么仵作验尸之法吗？"

紫苑边点头边解释道："人一旦气绝，心血随即停滞，时间一长便要凝结，若创口血量鲜少如此，非经过一夜不可。"

通过这件作验尸之法，即可知晓死后躯体会发生怎样的变化，倘若所处环境相仿，只要体格差距并不十分悬殊，便能观测出同样的反应。

泰隆不胖不瘦，虽说罹患重病，身形仍旧魁梧健壮，有如军中武士。

"我今早醒来是在日出之前，此时恋华仍睡在身边。之后我去了三位的房间，瞧见各位都在房内。"

这就是说——

"恋华，能在僵冷的师父身上刺进这把匕首的，便只有你了。"

只见恋华轻启樱唇，呼出了一口凉气。

"何况那把匕首是师父之物，你自当知晓收在何处。"

紫苑的话不像是在声讨贼人，倒像是阿姊在教诲亲妹子一般。

"恋华，我再问你一遍。你见师父去世了，便将匕首刺入他的腹中，是也不是？"

恋华紧咬樱唇，原本粉色的唇缘霎时转为苍白。不多时，娇小的身躯便瘫软下来。

"……紫苑姐姐，全被你看穿了。"

惊诧的气氛在众人间无声地扩散开来。

"不错，匕首正是我刺的。早上我像平常那样给爹爹运送早膳，却见小船系在八仙楼一侧，只好踩着圆木桩渡过了湖面。"

"梁小姐怎能冒此大险，一脚踩空可不是闹着玩的。"

"这世上水性好的，可不止一个'烈风神海'喔。"

"这般天寒地冻，怕是连鱼也要冻死。"

"把贫僧抛入湖中的女人竟也会说这话，难不成你真打算坏我性命？"

"如今还不是活蹦乱跳的吗？你又埋怨个什么？"

听了这不置可否的话，为问把嘴一抿，神情怅然。

文和的诘问、恋华的反驳、祥缠的讥讽、为问的非难，紫苑听在耳中，只觉得甚是轻忽。

"你为何又刺了一刀？这岂不是让事情愈加纠葛不清了吗？"

"那是……那是……"

大颗的泪珠从恋华脸上滚落下来，濡湿了紧紧攥住的五指。紫苑轻轻握住了她微颤的手，柔声道："把你见到的情形都告诉我吧。"

恋华纤细的下巴轻轻点了几下，将其中经过曲折和泪道了出来。

原来早上恋华本想和往常一样将粥送进楼里，却见小舟系在对岸，便踩着圆木桩过了湖，然后在二楼书房找到了泰隆冰冷的遗体。

"若不会轻功，又不知道木桩的所在，便进不了八仙楼。

我也不知是怎么回事，只道爹爹已死。"

若再无他法过湖，除去这么想也别无他计。

"我本想立即唤来紫苑姐姐，不料却瞧见了那信。"

"就是那封信吗？"

自然是那封争辩是否要将紫苑嫁出去的信了。

"信里写着要将紫苑姐姐嫁出去，我吓了一跳，又读了其他书信，才知爹爹已然安排下了一场可怕的计谋。"

"什么？你只读了那些信，便已瞧出来了吗？"

见文和吃惊不小，恋华轻轻地摇了摇头，道："不是，另有几封书信写得极为详尽，我越想越怕，就扔进香炉烧了，然后将灰扬出窗外。"

说来适才众人登上三楼之时，确是嗅到了丝丝花香。若是焚香，需将线香插入炉灰点燃，可炉中却干干净净。想来非是扫除之故，而是这炉中之物已被尽数抛到了外面。

"只是我中途改了主意，心想事已至此，或许能够加以利用。"

就在众人惊诧之时，唯有紫苑一人沉痛地闭上了眼："原来你是为了这个。"

文和催促道："喂，两个小丫头葫芦里究竟卖的什么药？快快说个明白。"

恋华并未应答，娇小的身子里攒下的万千思绪如葛藤纠错，不由得如鲠在喉。

于是紫苑代她答道："恋华被一个金国皇族之人害死了全家。"

"什么……"为问眉毛微颤，显是大为感慨。

"是啊！我要为家人报仇！所以……"一声惊心动魄的恸哭从恋华的胸中迸发出来，声音飘忽不定，宛如诅咒。"爹爹妈妈，哥哥姐姐，全被金贼害死了。所以，所以，所以……所以我就下定决心，终有一日必定要让他们身死国灭！"

如今想来，师父会将恋华收为义女，或许也与此有关。

恋华读过了信，知晓了全般图谋，定会觉得这是千载难逢的复仇良机。

"所以我才假装爹爹遭人谋害，并非自戕。再在信尾添了一笔，说要把我托付给其中一人，好继承爹爹遗志。可是——"恋华忽然抽泣起来，哽咽道，"可是我仍是害怕，本想中途罢手，连那封信也一并焚去。可香炉的火早已熄灭，连灰也倒尽了，只得随手将信纸抛出窗外，却被一阵风吹了回来……虽说像是胡编的谎话，可这是千真万确的，信纸果真被风吹了回来。我又惊又怕，就好像爹爹在指使我这么做一样。"

虽只是偶然，但在她本人看来却似天启一般。

"所以我才会想听凭天意，将信扔进纸篓，如若被人寻见，就继承爹爹遗志，如若就此遗失，便放弃复仇。"

"看来之前的龃龉之处便是因为这个。"

明明屋内早已拾掇整齐，却只有纸篓盛得满满当当。香炉内并无灰烬，屋内却留有花香。

如此一来，用了冻上一次的墨汁便不难解，想是恋华刚到此处时墨已经成冰，被她用香炉之火化开。而砚和墨被移到三楼，尽也说得通了。

"小妮子怎地多事！"祥缠这话说得毫不容情。

"我只想和紫苑姐姐过安稳日子，可此间越是完满，心中就越要想起爹娘和哥哥姐姐去世时的情状。"

恋华以为自己已弃绝旧怨，重获新生，但年纪渐长，温情日足，悔恨之情反而愈炽。对于死里逃生的自己，愈是称心美满，心下愈是难安。在这独活于世的日日夜夜中，时常会在不经意间回忆起当时残酷的情景。只消听见金国二字，便热血翻涌，难以自抑。

就在此刻，这报仇手段猝尔浮现于眼前，兼之又是继承养父遗志，自当奋起振作，一举荡平宋金，于恋华而言，无疑是千载难逢的良机。

"紫苑姐姐，对不起，我无论如何都要报此家仇……可心里仍是好怕，又不想和紫苑姐姐分开，不知该怎么办才好，对不起，对不起。"

誓报此仇的念头和不必分离的安心之情，皆是出自本心，人心岂能一剖为二，带着矛盾的想法下了决断，自会异状迭起半途而废，最终势必鸡飞蛋打，无人得益。

恋华口中呜咽，膝下一软，盈盈跪倒在地，紫苑上前抱住了她，轻抚背脊，柔声安慰道："恋华，别哭啦，这算不得什么。我知你心意，所以不必自责。倒不如说你把和我在一起的日子瞧得如此宝贵，还得谢谢你才是。"

"可我伤害了爹爹的遗体……"

泰隆虽已身死，可以刀刺父，仍是大逆不道。然而泰隆在世之时便一贯鄙夷腐儒，甚至披发佯狂菲薄礼法。这儒家的悔过自责非其本愿，所以就算冒犯尊长，想来他也必能原宥。紫苑如此解释了一番，恋华这才止住眼泪。

"可是啊……紫苑丫头，如此一来，事情岂非大大不妙。"

啜泣声逐渐平息，文和透着不悦的说话声却顶替了上去："若非大和尚和梁小姐所为，那剩下的便只有我、师姐，还有小丫头三个人了。"

"不。"紫苑声调虽然平和,语气却甚是坚定,"只有两人。"

文和似被人以长矛搠中般向后一仰:"你该不会自称不是自己做下的,所以凶手便在我和师姐之中吧?"

"不,并非如此。"紫苑否定道,"我已瞧见蔡前辈轻功不足以渡湖,当然杀不了师父。是以起初就不曾怀疑。"

文和倒抽了一口气,乱发蓬蓬的脑袋无力地耷拉下来,瞧不出半分洗清嫌疑的喜悦。

"如此便只剩下晚辈和乐前辈了。"

二

这话等同于昭告众人,是祥缠害死了泰隆。

无论是指认的人还是被指认的人,都是坦然自若之状。

相比之下,恋华和为问瞪圆了眼睛,面现动摇之色,而文和则眉头紧锁,像是嚼着什么极苦之物。

"怎么?为何断言我不是凶手?"

"蔡前辈并不能以轻功渡湖。"

"这么说来,师姐不也一样吗?这渡船之谜又该如何解释?"文和显是大为焦躁,急于证明祥缠清白,甚至犹胜本人，"就用刚才使给我看的飞刀术，倚仗此技，要过这湖也不无可能。"

"紫电仙姑"的由来，便是出自这投掷漆黑匕首的迅疾手法。

"若在匕首上绑上细绳，抛至对岸，扎入栈桥，试拽妥帖之后，使出轻功纵跳上半空，扯住绳子，便能飞身越过湖去。"

祥缠终于转向紫苑，脸上微笑盈盈地，故作糊涂地道：

"先前早说过了，以我的功力，跃出五十步已是极限。从此间到湖岸少说也有五十丈，实是力有不逮。"

"此事一试便知道了——"紫苑并不理会祥缠的辩驳，又问道，"——乐前辈，以你的轻功能在水面跃出多远？"

一轮烟圈从祥缠口中噗地被吹出，并蹿上半空。瞧祥缠的脸色，却无以推知是有意迁延时刻，还是在打什么主意。

为问代她答道："乐女侠确实曾说过，跃过一半湖面已是极限。"

"一半，便是约莫五十步吗？"

待明白了其意所指，除了紫苑和祥缠，众人脸上陡然变色。

"首先便是施展轻功渡湖，此时的要紧之处并非在湖面疾奔，而是末了须高高跃起。"

紫苑先将手从腰际斜向上移，直至高与目齐方才停住，显然是在示意腾跃的路径。

"只消在轻功不继前跃至湖面的一半，之后便丝毫不难，这时再将绑上细绳的飞刀向前掷出。"

此番紫苑的手复又斜向下移，似在绘出飞刀的轨迹。

"待刀尖刺入栈桥，便运劲拉扯，施展轻功之时躯体翩若轻鸿，自然能将身子拽过湖去。即便跃在空中时轻功散尽，也能就着来势向前猛冲，一举跳至对岸。"

为问疑道："就算是习武之人的绝技，单凭轻功也能跃这么高吗？"

"适才乐前辈露的一手抢身欺近的功夫，大师还记得吗？"

这便是泰隆使过的如扭曲空间般移形换位的上乘步法。

"如此雷霆般的脚力加上轻身功夫便未必不能，乐前辈意下如何？"

众人的视线齐刷刷投在了祥缠身上。而祥缠只是悠然站定，甚至没有试着反驳，紫苑一时也无可奈何，只得继续说道："之后再施展'踏雪无痕'，便不会留下脚印。何况昨晚风雪满天，就算不用这功夫，也露不出半点痕迹。这便是说，只消能用轻功跃过半个湖面，已是绰绰有余。而此间有这功夫的，便只有乐前辈了。"

祥缠身子终于动了起来，缓缓地转向紫苑，微微一笑，但朱唇紧闭，仍不出半点声息。

文和再也按捺不住，出声问道："你明明早就疑心上师姐了，何不早说？"

"我并未得悉她杀害师父的情由，也不知使了什么手段，是以决心另辟蹊径，再行思索。"

"究竟是怎么回事？莫要兜圈子，务须在此说个明白。"文和话中透着焦虑，在紫苑看来，这个"烈风神海"仿佛在害怕什么。

"晚辈以为，既然证明不了师父是蔡前辈所杀，那么只要证明其余众人都杀不了师父即可。"

"这法儿倒是不错。"祥缠朝膝盖上拍了一拍，总算有了像是回应的动作，"大和尚、恋华小妮子、文和……要是这三人都杀不了泰隆，就定然要疑心上我了。"

"前辈是说我错了？"

"小妮子莫不是把先前说过的话忘了？你也能害死泰隆，能自证清白吗？"

祥缠将嘴角向上一吊，无疑是在寻衅。

"我决计杀不了师父，只是起初无法明言。"

"小丫头，别再绕弯子了！"文和这一呼已近似哀嚎。

紫苑点了点头，终于将隐瞒之事向众人和盘托出："我眼下内力全无。"

"你说什么？"

祥缠和文和一齐瞪大了眼睛。

对这些习武之人而言，这内功既是武学根基，又是精要所在。内力若失，不啻从渔人手中夺去钓竿，更是形同将其送入川竭海枯的世界，虽非加诸己身，仍会感到一股近似恐惧的战栗在体内游走。至于似为问这般只修外功的武人，实属异类。

"是以绝不能让各位瞧破我内功已失。不然你们三个若竭力逃走，我又岂能阻拦得住？"

"且让我确认一番。"文和五指箕张，递出手臂。紫苑将手叠了上去，文和的内力便缓缓流入身子。两人既是同门，文和的内功便与师父相差不远，虽是如此，凝练厚重却远远不及。只是时而如波啸浪涌，时而如汩汩涓流，端的是变幻莫测。

内力奔腾游走，将周身百骸都窥探了一遍，虽说极为羞耻。但为了自证清白，只得暂且忍耐。

　　不一会儿，文和踉踉跄跄地退了去。"不错，丝毫寻不见原先那股雄浑的内力，只剩些残渣碎屑罢了。"

　　"这些也是前不久自行复原的。今早内力确实空空荡荡，连一点渣滓都没剩下。"

　　"这么说来，小丫头脸色是有些憔悴。这又是何缘故？难不成是被人封住了气脉？"

　　"我也不知是为了什么。不过这足以证明我没有害死师父。"

　　既无内力，便使不出轻功，既使不出轻功，这横渡湖面也就无从谈起。即便踩着木桩，深更半夜也甚是凶险，非但瞧不见木桩的所在，纵然记住位置，在黑暗之中腾挪跳跃也与自杀无异。倘使不慎跌入湖中，便只能在茫茫水面上挣命了。

　　将自己苦练十八年的内功一朝尽付东流便能自证清白，不可不说是莫大的讽刺。紫苑原本就无弑师之心，此番洗脱嫌疑，也殊无快意，唯有满腔懊丧无处发泄，嘴角不自觉地撇了下去。

　　"昨晚我将师父送至栈桥，即刻回了宅子，这中间绝无法害死师父。"

　　为问偏过头说道："依贫僧之见，梁大侠是被人毒死的吧？那便是他在行至栈桥之前便服了毒药，之后便死在了八仙楼里……难道不能这么想吗？"

"大师可曾记得那艘小船。"

为问"啪"的一声，用手叩在了毛发褪尽的秃头上面。

"害死师父的人定然一度去过八仙楼，何况盛放毒酒的杯子也滚落在地，服毒的所在，必定也是在八仙楼了。"

"没错，真是见笑了。"

恋华是在今早发现了泰隆的尸骸。文和与为问既无渡湖的手段，也没有杀人的理由。

紫苑虽因传授绝技一事与师父失和，但在泰隆遇害期间，却与恋华形影不离。

既有在湖面往来的手段，昨晚又不知行踪的，便只有祥缠一人。

"至于乐前辈为何要害死师父……虽仍无头绪，但此间除去乐前辈，并无他人能杀了师父。"

但见轻烟袅袅而上，缓缓腾至空中。

尽管众人的目光里满是疑念，可祥缠神气间却仍不失晏然。非但如此，她举手投足、一颦一笑无不风姿袅娜，哪怕是枯立衔烟的身姿，也颇有流丽之感。

祥缠长长地吐了口气，似是故意要人听见，嘴里喷出的并非烟气，却将周遭笼罩在窒滞的气氛中。

"唉，再也瞒不过啦。"

众人听了这举足轻重的一言，尽皆变色，文和更是脸色惨白。但见祥缠微微一笑，便即承认道："不错，泰隆正是我杀的。"

文和口中轻轻"啊"了一声，急道："师姐，莫要说笑话了。"

望着他兀自挣扎的模样，祥缠只是报以浅笑："罢了，这可不是在说笑。"

祥缠喷出的一口烟气，无声无息地升了上去。

"当他自戕不就得了，你这个蠢徒儿。"

"你这妖妇，休得胡言！"

中间一人勃然大怒，全身乱颤，厉声喝骂。此人不是紫苑，却是身着官服、手上拿着干僧衣和禅杖的为问。

祥缠毫无惧色，冷笑了几声，说道："怎么，不瞧瞧是谁就要抢杖打人吗？大和尚，以你的立场，须当谢我才是。"

"什么？"

这话若是虚张声势，撒谎骗人，未免太过气壮理直，为问因此气势稍馁，没有立即抢身攻上。

祥缠轻哼一声，虽然教人忌惮，却仍是香艳无比："钱这东西，可不会凭空长出来。"

"你说什么？"

"就问谁管你们饭食？一帮和尚不治生产，却成天干这些耍枪舞棒、操演战阵的勾当。"

"……你怎知道？"

为问面孔紧绷，显是被人戳中了要害。

"比起这个，你须先回答我，敢问你们这些人的饭钱是谁支给的？"

"是陈大人做官时的积蓄和经营私塾所得的财资……"

"不错，陈老爷子是捐了一些，但和我相比，几乎是沧海一粟罢了。"

"什么……"

为问吃惊不小，再也说不出一句话来，祥缠却朗声说道："只消想想便知，既是三千之众，便要管三千张嘴吃饭。区区官户，又从哪赚得这许多银子？和尚当真不会算账。"

听了这轻侮的言语，为问一张脸涨得通红。

"再说了，就算是读书人见识广博，可那些从蒙古来的情报，凭一个弃官归隐的老儿又从何得知？陈老爷子能打听到的只有宫中的情报，也就是韩侂胄和朱夫子的动向之类。"

"你是说你能做得到吗？！"为问惊怒交集，脸色时而涨红，时而转青。

"我那终曲饭店在金国和蒙古都有分店，还兼有镖局的营生，用以从各处搬运食材宝货，顺便打探各地形势。"

为问瞠目结舌，似被人抡了一拳，不由得向后退了一步。"如此说来，乐女侠难道也是我等的同伴……吗?"

"算不得一伙，就立场而言，最多算是你等的赞助人罢了。"

这终曲饭店、驿站、镖局的产业，犹如网眼遍布天下，祥缠由此积蓄钱财，打探全国情报，并与蒙古互通消息，为问居然丝毫不知。

"待大事一成，便相约由我独占这蒙古的贸易之利，因此才肯替你等出资。"

"贫僧从未听人说起，委实不知。"

"既是机密，便是知道的人越少，越不易走漏风声。"

这事泰隆二十年来从未对旁人道出实情，为问虽是同伴，但若要瞒他一人并非难事。

祥缠或是心知此番已无法得脱，干脆说得兴起，竟尔神采飞扬，口齿愈加犀利："大和尚好好听着，这世上百般谋划都绕不开个钱字，战阵攻伐自不消说，你等每日的饭钱、烧水洗澡的柴火用度、修造寺院的资材和运送食料的开销，究竟是出自何人之手？"

为问难以辩驳，喉头像是被堵住般噤声不语。

"我便是那个四处攒钱、豁出性命为你等所谋大计添补开销之人。哎，以我之能，也是大耗了一番气力。首先自襄阳府冲要之地开始，向北拓展生意，直到将分店开进汴梁城，足足耗费了五年工夫。我在此地非但经营饭店，也倒卖些木材，开办镖局也是在这个时候。我只道无论是买卖还是押运皆有利可图，于是便向往来商旅贩卖酒水食物，提供安寝之所，终曲饭店这才得以赚足钱财。话虽如此，这营生仍是知易行难，辛苦万分。还请稍加体谅我这五载之功吧。再往后，又从平阳府、延安府、太原府、西京大同府一路北上，这才开到了蒙古境内。若非趁着黄河水运之利，这扩张产业根本就无从说起。"

祥缠这话说得甚是得意，甚至颇有些傲然之感。到后来竟手舞足蹈，宛若上演勾栏杂剧一般。

"你等可知这生意越做越大，便会被官府盯上。忽而斥我漏缴税金，忽而说我囤积居奇，还有明目张胆上门索贿的。如何打发这些人，也真教人头疼了一番。最后我还是纠集商团，狠狠收拾了这些滥官酷吏。"

祥缠笑盈盈地将烟管一挥，随即故作愁容，俏皮地向后一仰。"可是这一切都因泰隆的错付诸流水了。"

紫苑见这番长话甫歇，心想必须弄清师父遭害的缘由，于是小心翼翼地问道："乐前辈，你说是师父的错，请问所指何事？"

"读了那些信还不明白吗？泰隆自问究竟该不该把你这个爱徒卷入复仇大计之中，一直苦恼得很呐。"祥缠"哼"了一声，将身子往椅背上靠去，忽道，"事到如今！事到如今竟要变卦！二十年前我就苦劝他别做这般无谓之举，他可曾听进一个字了！"

"所以你便出手阻止了师父的复仇大计？"

"那是自然。小妮子，倘若有人来跟你商议这覆宋之策，你会怎么回答？"

"……"

这话委实难以回答，唯有沉默不语胜于雄辩了。

"你也觉得匪夷所思，是也不是？我曾拼死拦阻，可就为了你这弟子，让泰隆迷了心窍。"

"我？"

紫苑闻言大出所料，睫毛忽闪，摇晃不定。祥缠却皱起眉头，显是自悔失言。

"不对……要说错全在你，似也言重了些，要是说得贴切些，两个紫苑都有过错。"

"这话是什么意思？我听不明白。"

"……看样子你是真的不知了。"

祥缠叹了口气，又道："那便是泰隆爱女之名……泰隆被人害死的女儿之名正是紫苑，唤作梁紫苑。"

紫苑听到与自己同名，不由得吃了一惊，恋华却像是注意到了什么，失声说道："难道说……欣怡姊姊女儿的名字是？"

"不错，紫釉便是由紫苑易去一字而来。"

"所以才和紫苑姐姐用了同一个字。"

祥缠点了点头，一张俏脸虽仍明艳无俦，却眉头紧锁，悲苦难当。

"泰隆喜不自胜，只道是天恩浩荡，还说什么是桂树和爱女为了报仇，侥幸遣你来此。所以我才拦不住他。"

岳父一家身陷党争之祸，失势出京，途中妻女尽遭屠戮。泰隆正在心如死灰之际，却意外收得和爱女同名的弟子。于是在泰隆看来，这便是妻女传话求他报仇。之后便一发不可收拾。

"果真如此，师父是为了报仇才允我拜入门下。"

紫苑脚下登时没了知觉，尽管如此，全靠身边有恋华支撑，才得以勉强站定。

恋华紧紧抱了上来，几欲将紫苑胸口压得喘不过气。心中的万般坚毅和柔情，皆在这震颤中传了出去。

紫苑见恋华决意直面养父之死，自己身为弟子，须当勉力振作才是，于是便紧紧回握着恋华的臂膊。

"利用与爱女同名的徒儿实行这覆宋大谋，这便是泰隆设想的复仇吗？"

文和长叹一声，几乎要将肺中气息尽数吐出，随即喃喃说道："小丫头，你恨泰隆吗？"

"不，一日为师终身为父，我从未想过恨他。无论出于什么缘由，我都是承蒙恩师收留，才得以侥幸活到现在。"

不管是不是利用，倘若拜师不成，紫苑势必饿毙荒野，是以从未有过憎恨之念。

"是吗？泰隆收的好徒儿呐。"

"乐前辈似乎竭力反对师父的图谋，不知最终何以倾囊资助？"

"泰隆是喜欢的人，桂树是我在意的人，自难撒手不管。"祥缠像是事不关己，口中浅笑盈盈，又道，"何况我也说过，我从不指望如此悖妄之事能够成功，一开始只想假意助他，再适时劝他放弃便了。"

可泰隆一意孤行，实是大出预料。正如为问感言，抚今追昔，所谋已逾廿载。

"这厮当真顽固不化。"文和懊悔不迭。

"二十年……当真是星移斗转，恍若隔世。泰隆重病缠身，我也青春不再。"祥缠看上去只比紫苑长了数岁，话中却似历尽沧桑。

"师父当真病入膏肓了?"

"什么时候作古都不奇怪，小妮子竟尔浑然不知? 如此震古烁今的内家高手，如今看来竟比实际年龄还要苍老。"

对于此事，紫苑确是始料未及。她和恋华所知的泰隆，向来督教綦严，武功卓绝，内力深厚，是当世首屈一指的大侠。紫苑对当代高手所知有限，便一直将泰隆奉若神明。唯独十年前一度呕血斗余，如今面相虽老，却仍教人难以相信其身患不治之症。

"二十年来一直将所谋藏得密不透风，纵然身子不适，想不让我们瞧见，想来并非难事。"

紫苑紧咬朱唇，甚是不甘，若当时能瞧出师父身体抱恙，或不至于如此收场。回想这数年以来，师父一时兴起乘舟回楼的次数越来越多，岂非内力不纯所致? 明明做着医生的营生，却再也不去村里问诊，不正是体力不济?

若能更多留意这些细微异状就好了，紫苑只觉得后悔不已，肺腑间沉滞不堪。

"唉，我倒是松了口气，只道他身子有病，总该就此罢手，可是——"祥缠的话中缓缓透出悔恨。

"可这报仇的机会竟真的来了。谁能料想铁木真那厮真能做出这般大业，你可知《行路难》吗？这是李太白的名作。道是纵然诸事不顺、百无一成，可一旦天降良机，便说什么也要奋勇争先，就是这样一首诗。泰隆正是'遇上'了《行路难》啊。"

如今铁木真已将蒙古全境收入囊中，如若继续联合，便有可能实现目标，一举消灭宋金。越是有这种想法，便越增加蒙古的气焰。

"那铁木真正欲建立新王朝，如今已准备万全。近来参加蒙古草原大会的诸部，将推举其为蒙古大汗。"

为问郑重地点点头道："韩侂胄决意遥相呼应，出兵北伐。就连此事也是陈大人利用朝中的熟人布置下的。"

如此一来，便只能依照当初谋划，趁都城空虚时奋起一击。只消能一时据有临安，纵使政变不成，宋廷势必元气大伤。此番经过，正合了《行路难》之意。

"师姐不愿倾覆朝廷，所以才把泰隆……"

"朝廷亡与不亡，与我有甚相干。"祥缠声似严霜，笑容甚是刻薄，直教人脊背发凉，骨寒毛竖，"难道不是了？千辛万苦做下如此产业，又岂能陪你等歪缠胡闹，折在这前途未卜的事情上面？"

"什么胡闹！你竟管我等的夙愿叫作胡闹！"

"不是胡闹又是什么？痴人妄发痴梦，图此痴魔之事，终究不过是痴儿胡闹罢了。"

祥缠这几句话尖刻难当，刺得人肌肤生疼，非但是为问，就连文和也皱起眉头。

"休得胡言，你这市侩小人！"为问极是恼恨，重重地往地上踏了一脚，双目充血，裂眦咬牙，几欲扑将上去，只是以所剩无几的理智勉力压抑着怒火。

"或是因为患病之故，泰隆越来越软弱了。他一直为举事苦恼，从信上看，已有五年之久。"

——可这报仇的机会竟真的来了。

适才祥缠说过的话，令紫苑心痛不已。

"可当铁木真讨平札木合之时，他复又振奋起来，最终还是放不下这复仇大愿。可我到底是无法再奉陪啦。"

祥缠翩翩然将手掌抬起，刻意往外一翻，说道："身为赞助人，我料得再与你等纠缠下去，怕是要血本无归。你等所谋的救世大业，对我来说全是买卖。"

"所以你便给梁大侠下了毒吗！"

"不错，我只是让他服下毒药，装成自戕的样子。此事易如反掌，因为我已知晓你们这些人谁都醒不过来。"

文和登时醒悟，喃喃说道："难不成师姐还下了迷药？究竟掺进哪道菜里？"

祥缠嫣然一笑，说道："岂止一道？全都下了。从第一道菜到最后的圆子，全被我下了迷药，文和啊，若非看在你早已出师的分上，我就该叱骂你了。你这点道行仍需历练才是。"

文和甚是惭愧，挠了挠蓬乱的头发，就连紫苑也是同感。

想来她在后厨中颐指气使，旁若无人，正是为了给众人下药。若换作有意加害的贼子，此番怕是早已毒发身亡。就算对手是祥缠，自己也未免太过失察。

"两个小妮子忙前忙后，没空吃这掺了药的菜肴，原是在意料之外。不过瞧她俩满脸倦容挨不住困的模样，我也就懒得管啦。待你们尽皆睡下之后，便自赴八仙楼，在那里下了毒。"

"可师父内力深厚，这毒应该害不了他。"

"早和你说过了，似这般病入膏肓的身子，就算是泰隆也支撑不住。"

"不过师父确实死了……"

"唉，正是。我也很不好受。"

紫苑忽然想起某事，不由得颤声道："那船呢?"

"小妮子猜得不错。我先用轻功纵至半途，再以绑着绳子的飞刀将身子拽了过去。如此一来，泰隆便似自行了断一般，此番狂谋也登时了账。不管怎么说，和尚和陈老爷子都不会领兵。可是——"祥缠突然纵声大笑，身体颤动，"——可是泰隆腹中被扎了匕首，船又被付之一炬，再也回不去啦。湖中虽打了木桩，事情却败露了，真是倒霉。"

祥缠笑声未歇，却似疲惫已极。仿佛将心思穷耗在琐事上一般，徒增无谓之感。

"这便是真相了，怎么，你想替泰隆报仇吗? 不错，我就是你的杀师仇敌!"祥缠哄笑连连，胸脯随着笑声猛然晃了一阵。

然而只过了片刻，笑声骤歇，一切响动戛然而止。如戏剧落幕，眼前景物颜色尽褪，却非化为雪白，而是染成漆黑，恍若涂了墨汁一般。

众人一齐缄口不语，唯有紫苑大为震动，细声道："但若真是如此，往返湖面都使了一样的手段……师父当时说要坐船回去，却仍使了轻功，莫非……而且乐前辈初次见到师父遗体的时候……"

这话听起来不像是对任何一人说的，恋华甚是担心，靠上前去挽住紫苑胳膊："紫苑姐姐，你怎么了？"

紫苑猛然回过神来，紧紧搂住恋华纤细的双肩，令她宽下心来，轻轻道了声"我没事"，随即缓缓将视线移回祥缠身上。

"我终于明白了。"

"是吗？那就再好不过。"

祥缠调侃了一句，然后点燃烟管，未及就口，紫苑早将三股辫左右晃了几晃，一脸沉痛地道："乐前辈，你仍说了谎。"

祥缠陡然停住了动作，将眼光转回紫苑身上，神色甚是警惕。但见她目如刀剑，寒光闪烁。紫苑倒没什么，却把一旁支着她身子的恋华吓得不轻。

"原来事到如今，你仍觉得我在说谎来着？小妮子，须给我想清楚了再开口说话。"

不知什么时候，祥缠手里已经多了一把飞刀。但见她轻轻巧巧地捏在掌中，随时可以疾射而出。紫苑自幼习武，无须解释也熟知这般轻巧的握法需要多少修为。

不管什么兵刃或武功，最终的境界都是无胜于有、虚胜于实。练到此境，就能应对任何招式，瞬间将所蓄劲力尽数发出。

"我平生最恨别人唤我骗子。只赚得些些小钱，便有许多人在背后说短道长，那些人最后是什么下场，要我试演给你瞧瞧吗？"

"我也痛恨撒谎欺瞒。"

刹那间，一道乌黑的闪光飞驰而过。祥缠只将手臂微微扬起，待看清来招之时，漆黑的刀刃已然直抵紫苑眉心。

——可就在这将触未触的当口，刀尖却骤然停住不动，原来是紫苑伸出两指，将刀身稳稳接住。

"飞刀这暗器只能直来直去。倘若料定来势，这般手法，纵使内力全无也无妨。"

紫苑毫发无损，随手便将飞刀抛出窗外。

祥缠却全无惊惧懊恼之色，只是向后稍退半步，似在窥察紫苑的动向。

"师父也好，乐前辈也好，怎地如此愚拙。"

"……你这算什么话？"祥缠似身陷绝境的恶狼般低吼了一声。

"适才那手飞刀的功夫，是不是明知绝对伤不了我才抛出来的？"

"一派胡言！我为何要行此无谓之举？"

"虽说我的修为远远不及师父，但毕竟是同门，师叔手下留情，我多少也能瞧出些端倪。"

"别再说师叔这等恶心话了，你是在讥讽我杀了师兄吗？"

"之前投掷飞刀也是如此，完全瞧不出半分杀气。"

"只是你脑筋迟钝罢了。好了，休要啰唆，倘若不服，就似江湖武侠一般，咱们功夫上见个输赢！"

祥缠摆开架势，藏臂于袖，飞刀蓄势待发。

紫苑却全然不予理会，只是毫无遮拦地立在跟前，表明无意动手。

"师父也对我下了毒，我已确知其全无效用。"

三

屋内再度陷入一片寂静。

不一会儿，文和似再也耐不住沉默，高声喝道："此番什么话都吓不倒我了。你说泰隆对自己徒儿下了毒？想必你会解释清楚的吧？"

紫苑是泰隆弟子，而文和是泰隆师弟，倘若师兄身后之名遭人玷辱，自会心下不忿。

"说是毒药可能不甚妥帖。是药是毒原只隔了一线，全看调配手段。"

"难道紫苑姐姐说今早身体不适，就是因为这个？"

"莫怕，这毒既害不了师父，也害不了我。"

紫苑将面色发青的恋华轻拉过来，柔声让她镇定下来，然后直直地看向祥缠。

"此番乐前辈说是先下毒害死师父，再装成自杀。哪怕是师父，也因身患重病没法运功解毒，是吧？"

紫苑将三股辫左右摇了摇，继续说道：

"可这决计不能。师父内力何其深湛，哪怕病入膏肓也依然能够保命。事实上，以他的轻功，越过数十丈的湖面易如反掌，昨晚的功力运转也无丝毫不纯。"

紫苑暗念起泰隆昨夜气力充沛，踏水蹴波的英姿，宛如扑食之虎，身具野生猛兽才有的巨力。且不说被重疾侵染的身体，单就内力而言，与盛年时期相比也不遑多让。

"说师父是被毒死的，果然未免太过乖谬，乐前辈所虑或有不周。不过多亏了这迷药，我才得以洞悉原委。"

"……"

祥缠虽一言不发，却仍窥察着紫苑的一举一动，丝毫不敢轻忽。

文和却焦灼良久，此时再也忍耐不住，问道："你是怎么知道的？"

"若要解释，须先说说昨夜我身子不适的情状。"

"就是你以为的余醒之症吗？"

紫苑点点头道："昨夜师父劝我喝下的正是马奶酒。我初次饮酒，是以不知这酒相比别的酒有甚特异之处。尽管如此，我仍识得这酒的气味和那对暗喻岳飞和秦桧的瓷瓶里的酒一般无二。毒就下在这酒里。"

紫苑腹底又恢复了热浪翻涌的感觉，就似吸饱了酒气，只觉全身血流加速，不禁忆起了昨夜初尝酒浆的光景。

"这酒原本就滋味独特，就算下了毒也尝不出来。师父心思缜密，自是想到此节才用了这种酒吧。"

劝酒前，泰隆自己先饮了一杯，或许正是为了不让人心生警惕。虽说如此，这也是自己拜入门下、恩逾父母的人头一遭劝酒，根本没想过推却。即便发觉气味有异，也必定会毫不迟疑一饮而尽。

"其实打翻在师父书房里的酒杯中也有相同的气味。"

"梁大侠何以要在你的酒杯中投毒？"

"那是为了封住我的内力——切实说来，是为了封住我的轻功。"

"这又是什么缘故!"

眼见为问大为焦躁,紫苑不慌不忙地答道:"昨夜宴罢之后,师父和乐前辈相约在八仙楼面谈,师父无论如何也不想让我靠近。"

紫苑每说一句,就有一股宛如吞下火焰的灼热之气在周身百骸冲突游走,内力已在缓缓恢复。

紫苑运气调息时时不辍,已成了练功中无意识的癖性。在外功废去之后,她便着意钻研内功和招式的精妙变化。能在睡梦中运转气脉增进内力的武人,放眼江湖也是屈指可数。即便服下毒物,也能自行逼出体外。泰隆既是师父,自当知晓此事。明知毒物罔效,却让她服了毒药,这究竟是何用意?

紫苑又道:"运功逼毒时内息会暂时转弱,准确说来,若将内力用于逼毒,便无法挪作他用。"

若将内力一分为十,五分用于行功解毒,便只剩五分可以运使。修为越深,便对于自身细微变化越是敏锐。一旦内息不稳,轻功便登时受损,这并非无稽之谈。

"饮酒之后,我只觉疲倦莫名,本以为是待客劳累之故,实是身体自行逼毒,内力被夺而已。"

"所以爹爹才不让我喝酒。"

恋华昨夜只是一句玩笑，却遭泰隆厉声呵斥。如今看来，确实有些不近情理。

"于是便可推知师父不欲让我靠近八仙楼，就是不想我卷入此事。从往来书信也可窥知端倪。"

若已约好与祥缠商议要事，自会有所顾忌。若被紫苑瞧破，暗中跟在身后，隐瞒已久的机密就可能被人察觉。

"湖上只有这一条船，若封住了轻功，就断然去不得八仙楼了。即便是有之前练功时在湖里打入的木桩，夜里漆黑一团，又焉能辨得方位？"

更何况昨夜苦寒难熬，倘使失足落水，哪里还有命在。泰隆是料定她身子不适，断不能暗中偷窥自己与友人密会。

何况为问也一同赴宴，若当时便严嘱她绝对不可跟来，反倒会引起疑心，是以只能用这绕弯儿的法子。

"同理，乐前辈既和师父有此密约，必不想让蔡前辈和为问大师得知，所以便在饭菜中混入迷药，却不知师父已给我服下毒药。"

"可紫苑姐姐昨晚并没有吃过乐前辈做的菜——啊，是了！"恋华登时醒悟，猛喊一声，"该不会是那个圆子！"

昨晚就在紫苑运送菜肴返回后厨的一瞬，被恋华往口中塞了一个圆子。其中必也掺了迷药。

"可是那些圆子，刚才已被乐前辈……"

紫苑这才想起蒸笼里温着的圆子已然全数落入了祥缠腹中。若里面当真掺了迷药，此刻本该昏睡过去才是。

"前辈说的是昨晚全部菜肴里都被下了迷药。恐怕只吃一样并无效用，只有全都尝过一遍才有效果吧？"

祥缠不置可否，只是默然不语。紫苑也不理会，继续说道："可瞧我的情状，当是圆子里的药和师父的毒药药性冲突，这才导致了身子不适。"

紫苑光是回想起反复眩晕呕吐的苦楚，就觉得百爪挠心。

"但也只难受而已。虽然内力尽丧，还吐了一身，却并未危及性命。内功解毒之效果如此昭然，更何况以师父的功力与我相去何止倍蓰，又岂会被这火候不到的毒药害死？"

紫苑随即道出了举足轻重的一言："师父原是自戕，乐前辈从旁相助，对吗？"

"怎么此刻又说梁大侠是死于自戕！"为问勃然大怒，当场便要发作。这倒也无甚不妥，毕竟最先怀疑泰隆为人所害，将船焚毁不放众人离去的正是紫苑。

当时紫苑误以为是恋华所为，同时为了把众人困在楼内，这才有此举动。事到如今若被告知泰隆仍是自戕，当然会有如此反应。

"师父决计不能被毒害死。倘若真是中毒身亡，定是他自行服下毒药，也就是自戕了。"紫苑屏息定了定神，又道，"乐前辈早知师父有自求了断之心，所以便助他一臂之力……是也不是？"

眼前忽地腾起一阵烟气，烟管中的叶子烧成点点火星，随即化作灰烬而随风散尽。

紫苑忽觉被人紧紧抱住，定睛一看，只见恋华脸色铁青。

"若刚才的解释所言非虚，那就是我害得事情更加曲折难解了。"

"是啊，不过我也由此得悉了一些情由。"

见恋华歪过了头，紫苑柔声道："师父恁地爱惜我们。"

紫苑长长的睫毛不住忽闪，又道："师父为了不让我和恋华卷进这场谋划，才布下了如此精心的安排。"

文和心下糊涂，摇了摇头。

"这话是什么意思？我仍是不解。既然他爱惜你们，又何必自行了断，尽此残生好好照料你们，这才是师父和养父该做的事吧？"

"与其问为何自戕，不如问是为了何事非自戕不可，便能想象得到了。"

紫苑言毕，转身看向为问，眼中甚是伤悲。

为问为其威势所迫，不由得向后退了半步。

"师父是担心自己死后，我和恋华遭人利用。"

数道视线直射过来，为问身子登时僵住不动。

"如若师父真是遭人谋害，我自当替他报仇。如今将三位困在楼中，也是为了查明杀师仇人是谁。为问大师和觉阿先生若以助我报仇为交换，邀我襄助此大谋，我便万万推却不得。倘使师父寿终病死，你等也会前来要我继承家师遗志，若说这出大计才是继承绝技的真相，我也势必遵从。"

为问脸现尴尬之色，答案早已不言自明。

"他若自行了断……再让你们瞧见那封言明不会将我让渡给任何人的遗书，我就不必被师父的谋划所禁锢了。"

"是啊，就是那封抛在纸篓里，梁小姐往上添了一句的信！原来是写给和尚看的！"

"若确如信中所言，不予协助才算是继承泰隆的遗志。"

"不错，因此师父既不能患病身死，也不能尽其天年，更不能遭人谋害，而是必须自戕而死，且他还留有遗书，令我不必卷入他的覆宋大谋之中。"

文和喃喃地道："原来如此。可就算泰隆有意遏止图谋，大和尚和那位陈先生想必也不会答应吧？"

"听说为问大师麾下有勇士三五千人，师父再怎么厉害，也无力与之抗衡。"

"这事换谁都不成。就算是我，最多也只能倚仗海帮之武力勉强牵制，使他们不敢轻举妄动而已。"

无论帮众人数还是声势威望，文和率领的海帮都无愧当世第一大帮会。正如他本人夸下的海口，帮众虽为海贼，却以围猎海贼威名素著，海上拼杀从无败绩。目前尚不知为问等人到底纠集了多少人马，但绝非可以轻忽的对手。

"若当真是这样，爹爹只要带了我俩投奔烈风大叔，也不必自戕了啊。"

恋华简简单单这一问，这些成名的大侠却从未想过。文和和紫苑尽皆黯然，不由得低下了头。

"大概也有了断恩怨、从此两不相欠的意思吧。十几年来这些人都是按照自己的意愿东奔西走，此谋非但牵扯到大和尚和那位陈先生，更是事关三千人的身家性命，决计无法因为自己心生厌倦就罢手不干了。

"师父一生惨苦，全是拜他人所赐，原本只一心想着报仇。他当是觉得若自己卸任首领，弃众逃走，会让这三千义士一齐遭受相同的惨祸。"

为了举事之日，泰隆等人阴养了他们二十余载，更是利用了这些人心中的深仇大恨。若即日遣散，势必发生暴乱。

"最后爹爹一力承担了这些责任，以换取我俩脱身。"

"他自知身患重病时日无多，以这谅不久长的性命来换，必定会义无反顾吧。这般思虑，正合了他乖僻的性子。"听到文和肃然的话语声，恋华垂头沉吟，脸上流露出一股殊不相称的悲怆之情。

"这湖中的木桩便只有我和恋华知晓，若将船泊在八仙楼一侧，众人都会以为他是自戕了，可是……"紫苑悲叹了一声，继续道，"可是我跟在师父身后，分明瞧见他以轻功渡湖，是以见此情状势必吃惊不小。在我看来，便似除却师父之外，还有他人闯进了八仙楼。尤为不幸的是师父身上还插着一柄匕首，于是当时我只道师父是为人所害。"

正是这两重偶然使得泰隆的自戕变得如此复杂。

"回想起来，头一个说师父死于自戕的正是乐前辈。"

"不错，虽说这话听起来像是点醒苍女侠，但的确如此。"

——小妮子，你觉得泰隆像是自戕吗？

这话听来或是想让人觉得泰隆是自行了断。

祥缠始终默默无言，悠然地点起烟管，仿佛把紫苑的话当作千里之外的异国趣闻。

"虽说我已然知晓师父策划了这倾覆朝廷的大谋，可起初仍不知道他是自戕。"

紫苑一直以为泰隆是遭人所害，只想着必报这弑师大仇。

虽说以开阔视野为名被迫修习兵法，但紫苑的想法仍是不知变通，狭隘至极。事到如今，这才不得不承认师父的教诲并非妄言，唯有懊丧万分，紧握双拳而已。

"眼见再这样下去，师父豁出性命的谋划就要付之东流，于是乐前辈便欲改行中策，由自己来做我的仇人。"

"你是说倘若报了大仇，你们两个就能全身而退了吗？"文和的声音愁苦交加，沉重已极，紫苑闻言点点头道："从信中便能知晓，师父本不欲让我俩卷入其中，所以只需了此仇怨，之后哪怕以秉承遗志为名邀我们参与这覆宋之谋，也尽能拒却得了。"

若祥缠当场逃逸，紫苑纵寻遍天涯海角也要报了此仇，若有人提出帮忙找寻她的藏匿之所，以此相邀紫苑协助，自当无法推辞。

为问垂眸敛目，默然不语，虽然面相庄严如故，却显是沮丧至极。

祥缠口中又喷出一缕白烟，绵长不绝前所未见，眉目间早已疲态尽显。但见她脸上万念俱灰，却倏地一笑，说道："我可不想余生遭人追杀，东逃西窜，是以和泰隆布置极是严密，想让人一瞧便知是自戕……谁料仍失了手。"

祥缠只此一言便将事情认了下来，倦怠地笑了笑。

文和再也难以忍受，低头耷脑，双拳紧握，似在怨咎自己愚钝无能。

"师姐，果真是你协助泰隆自戕吗？"

"若泰隆身亡，这两个小妮子便成了'遗物'，更何况这位徒儿训练有素，日后遭人利用，也是明摆着的事情。"祥缠面现讥嘲之色，同时冷笑说道，"我等最初的计划，是打算让泰隆自戕，然后由文和收留她俩。先前也说过了，大和尚手下有死士三千，那可不易对付。"

"你们强邀我来此，原是为了将这两个小丫头托付给我？可既然想到了这一步，何不自行收留她们？"

"若我协助泰隆自戕，便成害死泰隆的仇敌了，又有何面目收留他的徒儿和义女呢？"

祥缠自称是害死思慕对象的仇敌，声似恸哭，脸上却不见一滴泪水。

"这岂不是正好吗？由你将恋华收为义女，虽只徒有形式，但这两个小妮子的事情就再无不妥了。"

紫苑和恋华面面相觑，在如此当口，两人竟可以不用分离，脸上难掩惊讶之色。

"吃穿用度也不必发愁，我在镖局以文和之名为你们三个存了不少钱财，足以支给十年，不过也只够十年啦，往后须靠你们自己了。"

"师姐……莫要说笑，求你了。"文和这话竟似害怕被母亲抛下的孩童一般，祥缠刻意无视了他，楼中登时笼罩在沉寂之中。

就在此刻，恋华忽然怯生生地说道：

"都怪我多此一举。若不是我拿匕首刺了爹爹，就不会生出这许多事端。"

"这不是你一个人的过错，我也瞧见了师父不用船便回到楼中的情形，是才生出许多曲折。但正因为这些，也总算是明白了。"

紫苑继续说道："师父对我们是何等的珍爱怜惜啊。"

恋华微微地点了点头。

"若没了这些周折，我们定然不会知晓他何以费尽心思只求一死。如今多亏了恋华，方能得悉师父心意，谢谢你，恋华。"

"紫苑姐姐……"恋华话声里带着哭腔。

"为何尽是些有话不说、冥顽不灵的家伙。"文和满心怨毒地"哼"了一声。

祥缠见状叹了口气，说道："由我陪他自戕，其实另有缘由。"

这几句话说得有如寒冰，不曾夹杂半分感情。"泰隆是内家高手，运气行功整日不辍，早已成了习惯。他极有可能不经意间便运功将毒质驱净，是以必须由我守着，亲眼瞧见他自戕身亡。"

"竟被安排了如此苦命的角色，照看所爱之人临终殒命之状，可怜，可怜呐！"

为问这话说得甚是沉痛，祥缠听罢微微一笑，说道：

"可要任他孤孤单单地死了，岂不是太过寂寞。"

祥缠神色凄然，眼见心系之人先后殒命，声音早已干涩难当。却见她微一沉吟，霍然从怀中掏出某物，说道："这是泰隆交予我的书信，他嘱我此间诸事尽了后再行拆看。原本是要等到把你俩交代给文和之后的。"

紫苑接过一看，原来上面题了一首诗。

轮回冬天树，

八仙日暮雪。

何时一樽酒，

重与细论武。

读罢的一瞬，紫苑只感到全身毛发倒竖，脑海中只回荡着泰隆的一言——

"诗文可滋养身心，兵法可开阔眼界。"

虽不知这区区二十字的五绝究竟蕴含了何种意念，紫苑却大为震动，浑身战栗，并非出于情理，而是发自真情。

身处这世道轮回之中，想必泰隆早有就死之心。所谓冬树之下，或是指师母桂树，若人死之后真要奔赴阴世，兴许能够在此重逢。

——不，一定能重逢的吧。

虽说此身已驾鹤西去，却犹惦念着八仙楼，当是仍记挂爱女和徒儿了。而师徒间推杯换盏的，便只有昨晚的那一杯酒。

若非身患胃疾，定要再续几杯，那声情深意切的"好酒"，紫苑至死难忘。

师父想谈武论道之人，便是紫苑自己了。虽说两人所学已殊为不同，但正因为如此，才会想向师父请教，甚至时常寻思自己的武功路数或可为师父所用，只盼两人能聚在一起切磋武艺。

紫苑只觉眼前一片灰蒙蒙的，当下咬牙强忍，像是要挡住去路似的走到祥缠跟前，一双眸子中满是果决之意，朗声道："乐前辈，最后还要请教一事，为何你对家师的嘱托如此尽心竭力？"

对于祥缠而言，协助泰隆自杀于她并无好处。此外她还以文和之名替三人留足了十年的花销用度，显然是为防图谋失败而提前留了一手，将文和领来此处的也是祥缠。此中究竟有何缘由？

虽说紫苑已略略猜到一二，但仍想听本人亲口说出。

祥缠宛如附体之物突然离去，神情委顿，口中喃喃道："便是为了泰隆的爱女徒儿。在我看来，这便是心爱之人的'遗物'，眼见她们遭遇不幸……又岂能坐视不理。"

祥缠冷冷一笑，虽是苦涩难当，却难以称作苦笑。

"真是的，这把年纪还对初恋念叨不忘，岂非大大不妙，唉。"祥缠试图摆出讥嘲之状，却头一遭未能成功。两粒泪珠自脸颊上缓缓滚下，嘴唇不住颤抖，唯有声音勉力维持着镇定。

"好妖妇！竟敢毁了我等的夙愿！"

平地响起一声怒喝，禅杖之声大作，为问挥杖朝着祥缠的门面直扑过去。但听得铿然一记兵刃撞击之声，却被紫苑用剑鞘格了开来。

"你拦我作甚！这厮是谋害泰隆的凶徒！"

"不错，杀师之仇岂能不报。"紫苑点了点头，决然说道，"身为弟子，誓当了结此事。"

话中蕴含着众人难以窥见的情感。

紫苑将剑鞘随手一抛，将捏成剑诀的二指附在了剑身之上。

所幸外功被破之后，紫苑就运气调息时时不辍，被毒药冲散的内力，如今已恢复八成，足以将劲力直透剑身。

紫苑只觉得热血如沸，在周身百骸游走不定，只消轻抚剑身，便能真切地感知到热流正缓缓注入。剑身骤然受了这强悍无伦的内力，颤动不止，其声萧然，宛若神龙利爪，蓄势待发。

文和和为问都站立不动。按照江湖规矩，除非理由甚当，否则决不能插手他人寻仇。

这两人虽各有各的念头，却都将嘴唇咬得甚紧，而与之对峙的祥缠却嫣然一笑，神情甚是柔婉，倒似得偿所愿一般。但见她鲜红的嘴唇动了一动，道出了最后一言："这一剑就冲心口扎去吧，我想尽量死得干净一些，好去跟泰隆和桂树相会。"

众人皆不知这话是玩笑还是出自真心。紫苑未及确认，便已飞身抢上。

心脏跳动的瞬息，身子便已扑至跟前，待到再次跳动，眼前已是银光一闪。然而却迟迟未见血水喷射而出。原来这剑并未刺穿祥缠的肉身，而是深深扎入了微微偏离房间中央的一点。

原本将为问的巨力尽数还施彼身的八天奇门阵，此刻却殊无效用。紫苑的这一剑毫厘不差地刺在这阵心要枢，这便是此阵的唯一破绽所在，当世唯有泰隆和紫苑知晓。

"正因这五内如焚的复仇之心，师父不知受了多少荼毒折磨。乐前辈，多谢你相助家师脱离苦海。"

师父将一个与爱女同名的弃女收归门下，作为复仇的工具。而这位徒儿出身贫寒，勤修苦练，从无怨言，远超泰隆期望，不管遭受多么不近人情的对待，都咬紧牙关硬挺了下来。

另一个义女却和泰隆相类，是个仇怨缠身受尽煎熬的少女。也不晓得泰隆是有了知己之感，还是似紫苑一般只把她当作复仇工具。却不知何故不曾传她任何武功。

师父态度的改变，已是在紫苑从贼子手中救下恋华，身负重伤之后。原本泰隆病发呕血也在同一时期，紫苑只道是为了此事。如今想来，从昏迷中醒转之际，瞧见师父面皮僵硬，分明是恐惧已极。

虽全无凭据，也许只是自己的猜测，恐怕泰隆将徒儿作为复仇工具的愧疚，便是自此萌发，否则就算外功尽丧，听凭紫苑修习与自身武艺毫不相干的武功家数，也未免太不自然。

也许他是下意识地让紫苑与自己分道扬镳。照实说，泰隆和紫苑的武功确已不是一个路数。何况若专以报仇为念，仍可另收弟子。可不知从何时起，泰隆心中的首要之事便已非报仇雪恨。

这时紫苑的脑海中再度闪过了泰隆信中的一言——

　　　而今老朽瞧紫苑俏丽可人，再也不愿放手。既为掌上明珠，又岂可令她顺我之命嫁与旁人？须听凭自觉，任其觅得心许之人白头偕老便了。

见师父竟将自己视若掌上明珠，紫苑不由得大受震动。正是因为这个，他才会在信中写下"须听凭自觉，任其觅得心许之人白头偕老"云云。

紫苑只恨未及时禀明师父，只想得师父传授更多武艺，想让师父瞧见自己的长进，更想早发觉师父心中的苦恼，兴许还能助他一臂之力。哪怕终归无用，或许也不至就此死别。

虽说泰隆的一片真心直至最终都未能相告，但如今某些事情早已昭然——

"师父……师父他原来最疼爱我了。"

热泪随着悔意喷薄欲出，紫苑眼前一片模糊。千情万意一起涌将上来，一时间呼吸纷乱，胸口闷塞难当。

紫苑虽勉力遏抑，却仍是忍耐不住，泪水终于夺眶而下，一张俏脸顷刻间涕泗滂沱。

"师父，师父，弟子仍想再见您一面，想跟您畅叙一番，非但谈论武功，还有很多事情想对您说。师父……师父！"

含泪的呜咽声中，夹杂着干涩的撕裂之音。封入楼中的八天奇门阵之力，如逆流般喷涌而出。值此危殆之际，紫苑心中却莫名宽怀。

这股独一无二的力量沛然浑厚，无人能及，正是泰隆的内力。只是往昔的刚猛已然消散殆尽。

紫苑全身为内力笼罩，热流压抑不住地直冲上来，眼前白茫茫一片。溢出的泪水和两条三股辫，忽而逆指天际，如火星爆裂般的噼啪声不绝于耳。

待紫苑听出这声响是来自楼阁自身的一瞬，诸般物事皆已伴随着巨响分崩离析。

八仙楼轰然倒塌。四面八方皆可驱散内功和反弹外劲的八天奇门阵功散阵破，梁柱砖瓦发出猛虎咆哮般的哀嚎而纷纷坠落。

"十年之功，废于一旦"，眼见收复失地近在咫尺，却因为秦桧的奸计不得不遣散士卒的岳武穆曾似这般仰天长啸。

泰隆的复仇大计，历经廿载谋划，亦毁于一旦。就似无法承受自重轰然倒塌的楼阁一般，这企图一举覆亡朝廷的惊世奇谋也随之烟消云散。

高楼一恸悲声起，旋即尽堕深雪中。

四

同年（1206）二月，蒙古诸部召集首脑，召开"忽里勒台"①，铁木真宣告建立"大蒙古国"，得尊号"成吉思汗"。此名由来众说纷纭，鉴于其后的伟业，当数"世界之主"的说法最为贴切。

成吉思汗对于和泰隆联合无果深表遗憾，但随即觅得了新的盟友，不是别国，正是大宋。

---

① 蒙古语音译，原指蒙古部落和各部联盟的议事会，用于推举首领，决定征伐大事，后发展成为大蒙古国的大朝会。——责编注

其后数年间，韩侂胄主持的开禧北伐[1]损兵折将，金国趁势恫吓，竟要挟首先处斩韩侂胄方许议和。

韩侂胄虽欲规避战败之责，却仍在开禧三年（1207）遭礼部侍郎史弥远密谋杀害，随后盐渍其首，函以献金，两国和谈始有进展，并于次年嘉定元年（1208）缔结和约。

厌战之心早已在宋境蔓延开来，人人皆以为此时大宋坐拥千里沃土，无数宝货，不必强求恢复往日荣光。

蒙古一方与宋密谋结盟之举，放眼山河地理及天下大势，一如战国时期秦相范雎的"远交近攻"之策略，原在情理之中，而以夷制夷的手段也是宋廷所长。

两家利益均沾，蒙古遂以大宋丰厚的财力为外援，依次平定周边各国。

此盟对于金国自是凶险万分，但蒙古气势正炽，若贸然出手，自当顾虑恶果，只得听凭摆布，默不作声。

大宋此时既无金国之患，便甘享议和之利。文人沉溺诗酒，商贾贩卖宝货，长江上随处可见载运货物的海帮船只往来不绝，支撑着万民的生计。

---

[1] 开禧北伐，指开禧二年（1206），南宋宁宗朝韩侂胄发动的抗金北伐，因未准备充分而战败，后以杀死韩侂胄为条件，宋金议和，于嘉定元年（1208）订立嘉定和议。——责编注

国家富饶，诸般美食也在民间风靡开来。饭店酒楼如雨后春笋般拔地而起，传闻其中的一家便由两名美貌少女操持。

嘉定四年（1211），蒙古积聚已足，遂以举国之力发兵南征金国。两家时战时休，一直持续至端平元年（1234）。大宋终于响应蒙古，北上夹击金国，一举攻灭仇敌。

不久后，宋朝随即出师试图收复开封、洛阳和商丘，宋蒙之战顺势爆发。过程曲折略去不表，就结果而言，无疑是蒙古大获全胜。

草原霸主以纵马疾驱之势南下，次第吞灭了宋朝州府。然而，蒙古并非全以武力压服一切，无谓的残杀掠夺被严禁之后，宋朝陆续出现投降者。

蒙古大军最终兵临城下，临安未经血战便开城投降。此时成吉思汗早已死去，大蒙古国第五任可汗忽必烈登基。

宋朝虽有少量残部继续抵抗，却在崖山海战中尽遭毁折。幼帝赵昺投海殉国，大宋就此彻底覆灭。自宋太祖建都汴梁始，享国三百余载。

梁泰隆虽久不得志，但其所愿之事，死后七十三载终得完遂。

（全书完）

主要参考文献

『図説 民居 イラストで見る中國の伝統住居』王其鈞／恩田重直監訳（東方書店）

『塼塔 中国の陶芸建築』柴辻政彦（鹿島出版会）

『中国ヅュンダー史研究入門』小浜正子・下倉渉・佐々木愛・高嶋航・江上幸子編（京都大学学術出版会）

『中国思想基本用語集』湯浅邦弘編著（ミネルヴァ書房）

『中国飲食故事』金新／國久健太訳（浙江出版集団東京）

「幫」という生き方『中国マフィア』日本人首領の手記』宮崎学（徳間書店）

『武侠小説の巨人 金庸の世界』岡崎由美監修（徳間書店）

『中国の城郭都市 殷周から明清まで』愛宕元（中公新書）

『チンギス・カンとその時代』白石典之編（勉誠出版）

『中国任侠列伝 天子恐るるに足らず‼』島崎晋（PHP研究所）

『夢梁録』全三巻、呉自牧／梅原都訳注（東洋文庫）

『宋代中国を旅する』伊原弘（NTT出版）

『新編 中国名詩選』上・中・下、川合康三編訳（岩波文庫）

『完全保存版 中国武術大全』学研パブリッシング編（学研プラス）

『浄土思想入門 古代インドから現代日本まで』平岡聡（角川選書）

『浄土教の事典 法然・親鸞・一遍の世界』峰島旭雄監修（東京堂出版）

『全注・全訳阿弥陀経事典』袖山榮輝訳著（鈴木出版） その他多数

附　录

神奇的"和制"武侠推理

天蝎小猪

敌人是如此强大，连我自己都被其带来的乐趣所吸引而夺走了大把时间，但如果确需证明我言出必行，那么我借此机会将这份承诺交给你。

——桃野杂派《第 67 届江户川乱步奖颁奖礼获奖致辞》

一、乱步奖迷思

自 2006 年 9 月的《天使之刃》① 之后，一向被中国读者视为日本推理新人奖项第一标杆的江户川乱步奖（以下简称乱步奖）仿佛消失了。

造成如此"错觉"的最主要原因是作为发掘产出推理新人的功能类奖项，乱步奖不再是"一家独大"，也不再是新

---

① 第 51 届（2005 年）乱步奖获奖作，由北岳文艺出版社引进，作者药丸岳。2022 年由海南出版社（读客文化）再版时改名为《恶魔少年》。

人出道的首选途径。随着横沟正史奖①和鲇川哲也奖②的复苏、梅菲斯特奖③的"搅局"、"这本推理小说了不起!"大奖④的异军突起以及岛田庄司奖、阿加莎·克里斯蒂奖等"个性鲜明"奖项⑤的纷纷创设,像冈嶋二人、东野圭吾那样

---

① 全称"横沟正史推理与恐怖小说大奖"。20 世纪 70 年代后半叶,多部横沟正史作品由市川崑执导搬上大银幕,大获好评。借此横沟热潮,角川书店于 1981 年设立横沟正史奖。2001 年改名为横沟正史推理小说大奖,并于隔年增设东京电视台奖,由东京电视台以影像化为标准,独立选出。2019 年与日本恐怖小说大奖合并后,改为现名。由于该奖有着"出道即获影像化"的独特机会,一度颇受新人作家青睐。

② 该奖前身是 1988 年的"鲇川哲也与十三个谜",正式设奖是在 1990 年,以本格推理大师鲇川哲也(1919—2002)命名,由东京创元社主办。因该奖评审方针倾向于选出具有传统解谜趣味的作品,也因此成为 20 世纪 90 年代开始孕育最多本格推理作家的摇篮。

③ 由讲谈社于 1995 年创办。采取长期征稿方式,不设评审委员、没有奖金、没有征稿期限、作品字数无上限(下限是 350 张稿纸),由编辑从不断涌入的稿件中阅读、遴选、出版,因此有时一年只有一名得奖者,有时多达五六名。本奖跳脱过往模式,直接由编辑决定,以选出(编辑认为)最好看的娱乐小说为准则,是日本推理小说界最奇特的新人奖。

④ 2002 年由宝岛社、NEC、Memory-Tech 联合创办,分金奖(大奖)和银奖(读者奖)两个奖项,大奖奖金 1200 万日元。由于奖金高昂(而乱步奖的奖金已由起初的 1000 万日元减半至 500 万日元),评审视野更加开放多元,且非常接地气地迎合"轻质化"文学语言风潮,业已成为推理新人特别是年轻写手的首选。

⑤ 2007 年创办的岛田奖(为了区别于评选华文推理最佳长篇的岛田奖,本奖往往简称为福山推理奖),十分注重"日本新本格教父"岛田庄司所倡导的"21 世纪新本格"属性;而 2010 年为纪念阿加莎诞辰 120 周年而创设的阿加莎·克里斯蒂奖,则更注重"女性推理""舒适推理"属性,获奖作家的女性占比也自然远比其他新人奖来得多。

连续好几年将自己的不同新作①投稿至乱步奖主办方的"老派做法",在进入本世纪后几乎绝迹。不少人往往一次落选,旋即在翌年改投别家,"另结新欢"。

另一方面,受其他推理新人奖项的"异质性冲击"(如本格推理写手多投稿鲇川哲也奖、岛田奖,恐怖推理写手多投横沟正史奖,"九〇后"、"〇〇后"推理写手多投"这本推理小说了不起!"奖,女性推理写手多投阿加莎·克里斯蒂奖,另类推理写手多投梅菲斯特奖等),近年来日本的新人作家在投稿路径上的可选性愈加广大,导致推理文坛的出道"分流"现象十分显著。而相应地,坊间开始流出乱步奖只颁给"社会派推理""大人向的推理"等等不利于其权威地位的传言,加上相比其他年轻奖项缺少选考过程的透明度和与支持它的推理读者之间的互动性,乱步奖逐渐由推理新人出道的"不二选择"沦为"第二选择""第三选择"甚或"弃选"。此种状况最直接的消极影响是,该奖的受关注度呈逐年递减趋势,且最终的获奖作质量,断论其为良莠不齐或许言重了些,但难以与同年度的其他新人奖作品相埒,却也

---

① 评奖规则要求,不得将此前落选的作品修订后再次投稿,亦即每年投稿的作品必须是全新创作。

是不争的事实。举个比较有说服力的例证，为镝木莲①、横关大②、川濑七绪③等人带来赫赫声名的，不是其乱步奖获奖作（以非系列作居多），而是嗣后开启的、辨识度更高的系列作。对中国推理读者来说，从药丸岳到下村敦史④，其间的整整八届获奖作至今仍未见一部简体中译⑤，如许之久的"断档"在此前还不曾发生过，这就很说明问题了！似乎，乱步奖的没落已昭然若揭。

诚然，将上述现象放入中国的日推译介史这个坐标系中予以观察，乱步奖的阶段性"息影"应该尚有其他外部环境因素的影响，如东野圭吾的现象级崛起、直木奖的炙手可热。站在今天这个时间点来回望，我们可能已经很难辨明，到底

---

① 第 52 届（2006 年）乱步奖得主，获奖作为《东京归乡》。其代表作为"寻找回忆的侦探们"三部曲。
② 第 56 届（2010 年）乱步奖得主，获奖作为《再会》。其代表作为"鲁邦的女儿"系列。
③ 第 57 届（2011 年）乱步奖得主，获奖作为《多加小心》。其代表作为"尸语女法医"系列。
④ 第 60 届（2014 年）乱步奖得主，获奖作《黑暗中飘香的谎言》2019 年由湖南文艺出版社（博集天卷）引进出版简体中译本。
⑤ 即便算上台湾地区的繁体中译，也仅仅是镝木莲、早濑乱同时获奖的那一届成为"幸运儿"。其时恰逢脸谱出版社对整个乱步奖作品进行价值重估，搭了《放学后》《只有猫知道》等经典名著再版的便车，而脸谱的这个"乱步奖杰作选"也仅仅是出完 10 部作品就再无后续（且只有那 2 部是新书而非再版）。

是直木奖成就了东野，还是东野成就了直木奖（在我看来，对日本出版业而言，前者多一些；对中国翻译出版业来说，后者多一些）。2007 年，"东野印钞机"正式入驻中国①，特别是《嫌疑人 X 的献身》终于为其摘得直木奖之后，导致"东野圭吾路线"②成为大师级作家的养成定律以及屡战屡败、屡败屡战的文学创作励志故事典型的同时，直木奖评审之严苛也给了中国读者极其深刻的印象。"连《白夜行》这样的优秀作品都没拿到直木奖，可见拿奖之艰难，反过来说那些获奖作必然异常强大。"类似的武断看法一度充斥于网络，曾几何时直木奖作品成了"香馍馍"。

　　受其影响，中国的出版业界将视线更坚定地注目于直木、芥川等成就型大奖、"本屋大赏"③等市场型（读者向）大奖以及各类年度文学榜单；而以乱步奖为首的新人奖却渐渐化作远山淡影，没有最权威的评审认可、没有最广泛的读者认

① 2007 年 11 月，《湖边凶杀案》《预知梦》由海南出版社引进出版。关于"东野印钞机"的提法，可参见百度搜索结果中的若干文章，如凤凰网的《东野圭吾，日本文学界里的行走"印钞机"》等。

② 东野圭吾在摘得直木奖桂冠之前，曾数度入围该奖决选却铩羽而归。因此，有人将这种对于同一位小说家数度入围直木奖决选而最终落选的怪现象，称之为"东野圭吾路线"。

③ 即日本全国书店大奖。创办于 2004 年，是最有民间号召力的图书奖，由书店（含网上书店）店员在自己过去一年中读过并"觉得有意思""值得推荐给顾客""希望放在自己工作的店里销售"的书中投票选出。

可、没有最吸睛的榜单认可，其引进出版价值在何处？"东野印钞机"带火了日本大众文学，带火了日系推理，却没有带火曾经的推理作家一号产房——乱步奖。

其实早在乱步奖的鼎盛时期，国内出版社尚且仅仅是传出过大批量引介意向甚至计划，但到了持续低迷的现今，还会有专门针对乱步奖的选题上桌吗？答案并非完全是"否"！而契机就是以下村敦史和本书作者桃野杂派为首的"爆款"新人的实力加持，且这样的"爆款"间隔时间并不太长。

二、"成年人的童话"① 东渡

在下村敦史和桃野杂派这两位"破冰者"中，下村以其毫不弱于成名作家的笔力，将位于遗忘角落里的乱步奖重新拉回到公众（推理读者）视野；而桃野则另辟蹊径，从类型文学中最具中国印记和排他性的武侠小说取经，创作了令乱步奖评审、令日本读者、令笔者都拍案叫绝的"和制"武侠推理《老虎残梦》。如果不是作者大名、简介被白纸黑字印在书上，我大概很难相信这是一部日本人的作品，毕竟在我的刻板思维里，首先武侠小说只有华人能写，遑论要求更高

---

① 数学家华罗庚是武侠小说家梁羽生的忠实读者，他与梁在英国邂逅时表示，其刚刚读完《云海玉弓缘》，非常喜欢并评价道，"武侠小说是成年人的童话"。之后，"成年人的童话"遂成为武侠小说的代称。

的武侠推理小说。况且，"武侠＋推理"的创作尝试，确实起于中国文坛，在读到本书之前，鲜见身影于他处。

毋庸讳言，不管是日本还是中国，推理小说在两地发展之肇始，终究是以西洋舶来品的身姿撒下了希望之种。而其开枝散叶、长成大树的过程，概而言之就是"去西方化"①，即所谓的"日本化""中国化"。这一过程大致将经历三个阶段：

首先，是表面内容的"去西方化"。即将故事发生的背景舞台放置在日本、中国，小说人物的言谈、着装、行为及所处的环境都尽可能以本土元素置换掉西洋风味，但由于推理的故事模式、诡计设计、叙事手法等主要形体予以了保留，使得这些作品大多无法带给本国读者切身体验般的亲切感（简单改良后的外来物还是有股洋味），只有一种似是而非的新奇感，当被拿来与西方原版作品比较阅读时，难免产生邯郸学步、个性不足之憾。

接着，是创作倾向的"去西方化"。这主要指的是作品

---

① 其实还存在另一种"去西方化"的处理方式，即所谓的"架空未来小说"，生造一个与过去的历史文化不产生或只产生微弱、隐性联结的世界观，因为当今的世界文化格局、政治版图大抵不会存续到"近未来"，也就不存在传统意义上的东西方之分，但这样的设定揉进推理小说中就必然属于"科幻推理"范畴了。

的社会政治意味和文学价值建构层面，于日本表现为"清张革命"（亦即以松本清张为代表的"社会派推理"的迅速崛起、狂飙突进而横扫整个推理文坛，制造了长达30年的"本格不遇时代"①），于中国则表现为在"文艺是为政治服务的"这一创作理念指导下产生的公安文学和反特小说。另有少数作品表现为更加强调"文学性"和"创新性"的"纯文学推理"（尽管这部分作品在日本、中国都较少，但还是印证了大众文学在某个特定时期往往不见容于主流文艺并被后者以纯文学的形式无端"改造"和扭曲拔高这一历史事实）。

　　再者，是内在形质的"去西方化"。此阶段尚在进行中，有志于创作真正意义上的本土推理作品的日本、中国作家们正在从事着各种各样的尝试，这在故事型态、题材选用、体裁变化、结构特点、诡计设计、叙事手法、角色设定、行文笔法等诸方面均有所呈现，比如"轻小说＋推理""日常之谜"等故事模式的流行（两者皆为日本所独创）、"笔记体"和"章回体"的运用（以笔记小说和章回小说的笔法来写推

---

① 语出由千街晶之、横井司、市川尚吾（乾胡桃）等7位推理评论家编著的《本格推理闪回》（本格ミステリ・フラッシュバック），2008年12月，东京创元社。"本格不遇时代"具体指的是松本清张发起"清张革命"的1957年至由绫辻行人掀起"新本格浪潮"的1987年之间的本格推理创作低潮期。

理)、"复式诡计"的熟练使用(一个复杂案件杂糅了不同种类的多个诡计)、"穿越题材+王朝推理"的出现(很多所谓"中国风"的推理小说皆属此类,日本、中国都有相当数量的创作)、"公安文学"的嬗变(人民警察形象的变化)、人物对话独白的"方言化"(如极具在地风貌的"关西腔""粤港腔""闽台腔"推理创作)、"叙述性诡计"的规模化和复杂化、"武侠推理"的产生等等。

这些林林总总的推理尝试中,笔者最有兴趣的还是"武侠推理",因为按我的惯性思维,它应该只存在于华人世界,是能实现"完全中国化"的理想类型——水天一色、远宁、唐隐等女作家的"王朝推理"固然极具中国风味,但早前也已有颇受汉学熏陶的日本作家进行了成功创作,陈舜臣、田中芳树便是其中的佼佼者——当然,日本也有将推理小说与剑侠小说相结合来写的实例,但毕竟是"时代推理"的范畴,和纯粹的"武侠推理"还是有一定区别的(这种只能称为"剑侠推理")。举例来说,大概京极夏彦收录于《巷说百物语》中的短篇作《舞首》才比较接近"武侠推理"这一概念(这只是有代表性的"孤篇",不具备进一步讨论的价值,日本的规模化尝试容笔者在后面予以详述)。

话说回来,推理小说的生存方式和发展动力就在于它是建构在读者的人性诉求、猎奇旨趣和参与意识之上的独特文体，它为读者提供了一个社会现实（时代背景）或虚幻现实（摈弃了社会现实而予以全新设定的小说世界观）中某种特定情绪之张力得到最大释放和自我价值得到最美体现的空间，这是其有别于言情小说、历史小说、科幻小说等其他叙事类通俗作品之处。而武侠小说也具备着同样的功能和特性，这也是在我看来推理之所以能与武侠紧密结合的深层原因。

所谓武侠小说，就是以侠客义士为主角，以歌颂侠义精神为主旨，以小说为文学样式的叙事类通俗作品①。它的产生、发展直至鼎盛，是中国传统文化史上所特有的一种文化现象。正如骑士文学只存在于欧洲，武侠小说只存在于华人世界，是中国的"土特产"。那么"武侠推理"就是将武侠小说的叙事结构和精神特质纳入到推理小说的书写系统之中而产生的一种"中国化"推理类型。两者的结合从精神现象学的角度来分析，可以视作原始社会"侠意识""巫意识"的合流。

著名人类学家摩尔根在《古代社会》一书中曾指出：原

---

① 日本推理作家秋梨惟乔为了帮助本国读者理解这个"外来物"，曾在自己的文章中提出过一个"虽不中亦不远矣"的注解，即"中国流剑侠小说"（简単に言えば中国流チャンバラ小説です）。

始血亲氏族成员有着"相互支援，保卫和代偿损害的义务"。"为血亲复仇这种古老的习俗，在人类各部落中流行甚广，其渊源即出自氏族制度。"另据中国儒家经典《礼记·礼运篇》中的一些记载，我们可以猜测侠意识很可能源于原始氏族公社中氏族成员在互助、疏财的基础上形成的原始正义观念。而"巫"作为原始社会中最特殊的角色，则起着祭祀占卜、纪事决策、行医治病、沟通鬼神与人类之间交流的作用。巫意识源于原始人对自然界不可解释的神秘现象的疑惑敬畏心理基础上形成的原始宗教观念。解决物质问题的侠意识和诠释精神问题的巫意识支配下的行为，构成了原始社会文化生活的全貌。现在看来，侠士们重义疏财、舍己为人，侦探们断案缉凶、疗救无辜，根本就是这两种原始意识观的遗传体现。从这两种角色皆有蠲除困厄、伸张正义的特点来分析，武侠和推理是具备合而为一可能性的。

理论分析是一回事，实际创作起来难度应该还是很高的。就拿中国的武侠推理创作来说，长篇方面主要由吴旳领衔，可惜的是在出版《冥海花》[①] 一书时，他曾预告简介了该系列的整体构思以及续作《枉死城》，但至今不曾面世，据称

---

① 长篇武侠推理小说，2011 年由新星出版社出版。

是因个人工作关系无力继续写作；短篇方面则以橘右黑为代表，且也已多年不见新作①。值得一提的是，橘右黑所撰写的《十诫》《任法兽》《乌夜啼》等青帮题材系列作品，也是将"中国化"贯彻到底的作品，其中错综繁杂的帮派关系、神秘深奥的江湖切口等内容都极具中国特色，没有丝毫西洋气息，在华文推理世界中可谓独树一帜（从某种意义上说，他的"黑帮探案"是武侠推理植于"现代新式武林"场域中的产物，是该类型的一种特殊延伸）。近年来，暗布烧、七名在其他女作家此前的"王朝推理"创作经验基础上进行了新的尝试，也是颇有建树的，她们的《深宫女捕快》《天涯双探》②已经比其他人更接近武侠推理的"理想状态"了。另外需要特别指出的是，尽管金庸、古龙、温瑞安等武侠作家在其作品中或多或少地使用过推理元素，但这些仍只能算是"推理武侠"，而非真正意义上的"武侠推理"，因为作者

① 2010 年由《岁月推理》杂志编选、吉林出版集团出版的华文推理短篇集《推理·中国风》也有必要提一下。该书共收入 3 篇武侠推理，分别是徐俊敏《夺·宝》、丁甲《禅院钟声》、苏簌《长相思》，其中丁甲的表现最为优秀，行文、诡计、人物等各个方面都亮点频频，而《夺·宝》的"侠气"过重（推理成分略显不足，故事结构也有点虎头蛇尾的感觉），《长相思》则是言情的戏份带入过多（让人觉得武侠、推理都成了陪衬）。
② 都是长篇武侠推理系列作，其中《深宫女捕快》已由新星出版社于 2022 年出版了两部，而《天涯双探》已完结，皇皇八部之巨，由读客文化策划，2019—2022 年在上海文艺、江苏凤凰文艺出版社接力出完。

的写作兴趣毕竟不在推理，侦探只是辅助情节。

再来看看一海之隔的日本。如果说京极夏彦的《舞首》[①]颠覆了我的片面认知（此前一度断定“武侠推理只属于华文世界”），那狮子宫敏彦在 2003 年至 2009 年、秋梨惟乔在 2006 年至 2012 年的连续尝试[②]则让我对日本推理作家的创新精神肃然起敬。只不过前者的《神国崩坏》[③] 是以架空的清王朝的神秘事件、异端人物查探机构“侦探府”为主要书写对象，较少涉及中国文化形质明显的江湖世界，武侠元素较少。而后者就不一样了，其着意经营武侠推理这一新类型的主观能动性则要强烈得多。受金庸、古龙的武侠小说和香港武侠电影的影响[④]，秋梨怀抱着“让武侠在日本社会流行起来”的野心，开始了为梁山泊一百单八将中并不起眼且无单独剧情安排的梁山好汉樊瑞、项充等人打造原创故事的旅途，

① 收入 1999 年由角川书店出版的单行本《巷说百物语》，诡计高妙的武侠推理先声之作。

② 另有皇城一梦于 2005 年连续发表的两部“风月绮”系列作，也勉强属于武侠推理范畴（以 20 世纪 70 年代的上海为舞台，主角是地下秘密组织“侠客党”成员陆风箔）。

③ 连作短篇集，由《神国崩坏》等四部作品构成。2009 年由原书房推出单行本。

④ 秋梨惟乔尤其喜欢林青霞版的东方不败，据其自称，《诸越银侠传》第三个短篇故事《雷公击》中华丽的空战场景，就是参照自 1992 年的香港武侠电影《笑傲江湖 2：东方不败》。

这就是后来著名的"诸越系列"嚆矢之作《杀三狼》的初衷。毕竟是预备投稿给东京创元社的推理杂志 *Mysteries!*，秋梨不得不思考"只能在武侠世界里才能实现的诡计"之可能性，尽管最终呈现出来的作品质量无法与中国相对醇熟的武侠推理创作相匹敌，但因为其以在日本十分受欢迎的超级 IP《水浒传》为蓝本而收获的讨巧性以及将本格推理嵌入武侠世界的新颖性，最终帮助他拿到了第 3 届" *Mysteries!* 新人奖"并得以正式出道。从《杀三狼》开始，"日本武侠推理第一人"秋梨惟乔先后出版了三部"诸越"系列作品，分别是《银侠传》《红游录》《桃花幻》，其中前两部是短篇集，最后一部则是难得的长篇（此前的日本还不曾有过真正意义上的武侠推理长篇）。然而这之后，不知是《桃花幻》的创作难度剧增带来的自信心不足还是有其他什么原因，秋梨惟乔未再进行武侠推理创作，"成年人的童话"东渡后与日系推理的"蜜月期"宣告中止，直到近十年后桃野杂派的横空出世。这一次，"和制"武侠推理所引起的关注度和话题性将远超以往，因为桃野斩获的正是 2014 年开始凭借下村敦史、吴胜浩①、佐藤究②、神护一美③等人的优异表现而殆有复苏迹象的乱步奖。

三、武侠推理的未来

现年 43 岁的桃野杂派是游戏设计师出身，在矢志推理写作之前，主导或参与了超过 10 款的电子游戏设计。2016 年发生在桃野身边的一件不是很大的事儿，改变了他的人生轨迹，也改变了"和制"武侠推理的未来走向。

从帝冢山大学世界经济法专业毕业后，桃野就开始从事与自己学业毫无关系的游戏设计工作。也不知从何时开始，大概是一直没有找到人生闪光点，而对这份工作产生了焦虑情绪，进而发展为极度厌憎，觉得一切都变得无所谓了，就这样混日子吧。这时，他兄弟的儿子出生了，在目睹侄子睁开双眼的刹那，觉得自己一无是处的桃野突然被一种无以复

---

① 第 61 届（2015 年）乱步奖得主，在日韩国人，获奖作为《道德时间》。之后连续夺得大薮春彦奖、吉川英治文学新人奖、日本推理作家协会奖，是近年来颇受关注的"八〇后"、在日韩国作家。

② 第 62 届（2016 年）乱步奖得主，获奖作为 QJKJQ。之后连续夺得大薮春彦奖、吉川英治文学新人奖，并最终凭借《泰兹卡特里波卡》同时拿下山本周五郎奖、直木奖（这也是时隔 17 年，史上再次出现"双奖"作品）。

③ 第 65 届（2019 年）乱步奖得主，获奖作为《黑衣女斗士》。获奖时 58 岁，超过了此前凭借《核与蟹》获奖的第 26 届得主长井彬（时年 56 岁），成为乱步奖历史第一高龄得主，因而引起很大话题。

加的羞愧心理所占据，"不能丢这么可爱的侄子的脸了，不能继续做人生的鲁蛇了"[1]。于是，他下了一个现在看来无比正确的决定——成为一名职业小说家。

四年后的 2020 年，桃野用自己在设计、制作游戏时使用的名字"桃ノ杂派"[2] 作为笔名，将其辛苦创作的第一部作品《靛蓝牛仔之谜》（*Indigo Rush*）投给了乱步奖。这部小说拥有一个十分"抓人"的谜团：在已关闭 100 多年的一座矿山里，被人发现了多具看起来很新的尸体，每具尸体都穿着二战期间制作的牛仔裤或 1870 年出产的复古牛仔裤……但因为故事后期处理不佳，且掺入了过多纷乱的线索，导致作品在下半部失去了质感，走向无可救药的拉胯，最后的谜团破解篇也就自然而然地让人备感无趣。绫辻行人、京极夏彦等5 位评审表达了几乎一致的意见：复古牛仔裤和牛仔猎人的设定相当新颖、前所未见，但作品整体性做得不好、高开低走，杀人动机设计以及黑手党对决的桥段固然有其看点，但与作品的本格旨趣和核心谜团结合度不高，生生浪费了一个

---

① 参见桃野杂派获奖致辞。

② 其现用名"桃野杂派"是在获奖作《老虎残梦》于 2021 年 9 月出版时改的，其中的汉字"野"与片假名"ノ"在日语中发音相同；而"杂派"的名字，则取自他最钟爱的美国传奇吉他手弗兰克·扎帕（Frank Zappa），两者发音完全一致。

极好的创意，可惜了！

折戟于决选阶段，让信心满满的桃野情绪崩溃，好在这时候小侄女的诞生拯救了他。凭着自己在游戏脚本创作和游戏人物设定方面积累的经验，作者的写作灵感、构思范围终于麇集到了异域情调、古风笔触、历史内涵、武侠场景的"中国宋朝世界"。丰富的职业素养帮助他在材料收集、归总、衍化环节并没有花上太多时间，吸取了首次创作的失败教训，经过一番精心打磨，目前"和制"武侠推理的最高杰作《老虎残梦》终于孕育而生。对于这样一部作品是如何一步步呈现为现如今的样貌，作者并没有透露太多创作时的细节，暂时只能呼为"神迹"吧。

诚然，这部杰作还是有些关键点可以稍作分析的。具体而言，桃野杂派选择在武侠推理这块相对贫瘠的"试验田"里搦管操觚，还是依凭自身努力规避、解决了创作中可能遇到的下列问题：一是不少作品将"推理武侠"与"武侠推理"的概念混同，以为在武侠小说中加入一些推理元素就可以了，带给人的感受是仿若仍然停留在《陆小凤》等古龙式的悬疑武侠故事阶段，而《老虎残梦》虽然武侠文风十足，但重心终究是在推理部分，它是有其本格内核的，即发生于八仙楼中的"不可能犯罪"；二是不少作品的"推理"与

"武侠"的黏合度不够，往往让人觉得其中的推理环节十分生硬，与武侠叙事的步调不合，这一点《老虎残梦》也处理得很好，作品具备不错的平衡感，没有多少违和之处；三是武侠推理的篇幅普遍较短，即便偶有质量不低的大长篇，往往在行文的流畅精致、诡计的设置比重等方面存在明显不足，但《老虎残梦》不仅本格元素运用自如，最难得的是文笔优美，极具传统中文韵味；四是"侠客＋侦探（捕快）"的角色设定偏于谫陋单调，一旦缺乏具备个人色彩和独特气质的人格塑造，人物的脸谱化倾向会导致整个作品的活力张力流失，《老虎残梦》在这方面的做法是"一减一加"（减少登场人物数量，书中主要角色只有 6 位，且行事、个性各不相同；加大犯罪嫌疑人数量，除了死者外的其他人都有作案时间、动机，这种处理方式使得在单一诡计框架下的推理趣味丝毫没有受到影响）。此外，本书还开创性地加入了"社会派推理"手法，将人物动机设计、深层心理刻画置于尖锐的国家、民族矛盾这个大维度和江湖家族复仇、武功绝学传承的经典剧情模式之间予以展现，尽管相比金庸、梁羽生等人略显稚嫩生涩，却是极好的尝试①。说到底，大众文学诸类型

① 在人物关系层面，女主苍紫苑与其武艺恩师梁泰隆的养女恋华之间的相互爱慕之情，也是武侠推理小说中前所未见的设计。

皆有其固有的书写规则，如何在不悖大框架的前提下冲破小格局的束缚，这是需要作家们反复慎思研磨的课题。

然而，令人扼腕的是，在《老虎残梦》问世的两年后，桃野杂派似乎并无意于继续在武侠推理的世界里驰骋，而是为了达成其在乱步奖颁奖礼致辞中向他的侄子侄女许下的承诺——"写出比《塞尔达传说》更吸引侄子侄女的小说"，发表了乱步奖之后的第一部作品（属于科幻推理范畴）《星尘杀人事件》①。

武侠推理的华丽回归，仍由桃野来实现吗，还是交接给发源地的中国作家？残梦今安在，未来犹可期。

---

① 2023 年 2 月由讲谈社推出单行本。桃野的这部第三作收获的评价并不太好，感觉远低于预期：日亚上的评分是三星半，豆瓣上仅有的 5 条短评最高也只是三星。